ウィリアム・ザヴァンニ
ザヴァンニ王国の第一王子。近衛騎士団の副団長を務めている。『氷の王子様』と呼ばれているが、リリアーナには激甘で……？
リリアーナ・ヴィリアーズ
花よりスイーツが好きな伯爵令嬢。背が低く童顔であることを気にしている。王太子妃の座には一切興味ナシ！
人物紹介 character

ダニエル
ウィリアムの幼なじみ兼補佐役。リリアーナからつけられたあだ名は『ダニマッチョ』。
ケヴィン
近衛騎士団一の問題児。別名、エロテロリスト。
クリス・イェルタン
『成金国』と言われる東国からの留学生。リリアーナの『地味な呪い《お祈り》』に興味を持ち……？
モリー
リリアーナ付きの侍女。

第1章　東国からの留学生

「お嬢様《じょうさま》、王宮が見えてきましたよ！」

伯爵令嬢《はくしゃくれいじょう》であり、ウィリアム王太子殿下《でんか》の婚約者《こんやくしゃ》であるリリアーナ・ヴィリアーズの侍女《じじょ》モリーは、窓の外に見える王宮を横目に、嬉《うれ》しそうにそう言った。

というのも、彼女達は今ヴィリアーズ領の本邸《ほんてい》から王宮へ戻《もど》る途中《とちゅう》である。この二日間、いくら立派な馬車にクッションを大量に敷《し》いているとはいえ、座りっぱなしのお尻《しり》は悲鳴をあげていたのだ。

ようやく見えてきたザヴァンニ王国の美しい王宮に、思わず笑《え》みが浮《う》かんでしまうのは仕方のないことだろう。

リリアーナが窓に顔を近付けると、少し銀が混じったような白い毛並みの立派な馬に跨《また》がり、馬車に並走《へいそう》するウィリアムと目が合った。

嬉しそうに微笑《ほほえ》むウィリアムの姿に頬《ほお》を朱《あか》く染め、ぎこちなく手を振《ふ》りながら笑みを返す。そんな二人をモリーは微笑ましく見守っていた。

モリーはヴィリアーズ家のメイド頭《がしら》の娘《むすめ》で、リリアーナとは姉妹《しまい》同然に育った。

彼女にとってリリアーナは大切な妹的存在であり、主人なのだ。

「改めてこうやって見ると、ウィリアム殿下って王子様なんですねぇ」

小さく呟《つぶや》くモリーに、リリアーナは『何を当たり前のことを』といった表情を浮かべながら窓の外から視線を戻す。すると、モリーは肩《かた》を竦《すく》めて苦笑《くしょう》する。

「いえね？　私が目にするウィリアム殿下って、こう、目尻《めじり》の下がったデロデロに氷の溶《と》けきった笑顔《えがお》でお嬢様を愛《め》でる姿ばかりじゃないですか。こうやってちゃんと王子様をしている姿を見ることがほとんどないので、何だか慣れないんですよね」

……なるほど、そう言われてしまえばそうかもしれない。

ザヴァンニ王国には王子様が三人おられるが、とにかく揃《そろ》って見た目が極上《ごくじょう》なために国内外問わず、すこぶる人気が高い。

王太子である第一王子のウィリアムは、一九〇センチはあろうかと思われる長身にバランス良く鍛《きた》え上げられている体軀《たいく》。

長い金髪《きんぱつ》を後ろで一つに結び、眼光鋭《するど》い切れ長の大きな瞳《ひとみ》は、ダイヤモンドの千倍貴重だと言われるタンザナイトのような輝《かがや》きを放つ。

滅多《めった》に笑うことがないと言われる彼の唇《くちびる》は常に引き結ばれており、『氷の王子様』と呼ばれている。

第二王子のオースティンはウィリアムほどではないが、一八〇センチを越《こ》える長身に優《やさ》しげな目元でまさに絵に描いたような『微笑みの王子様』と呼ばれている。

第三王子のホセは上の二人と違《ちが》って、一七〇センチを少し越えたくらいの華奢《きゃしゃ》な体軀に、その中性的な可愛《かわい》らしい容姿で『天使様』と呼ばれている。

現在、ウィリアムは婚約者であるリリアーナを溺愛《できあい》しており、彼女限定で蕩《とろ》けるような笑みを浮かべるものの、他の女性には非常に塩対応だ。

ちなみにオースティンも婚約者の侯爵《こうしゃく》令嬢と仲睦《むつ》まじく、ザヴァンニ王国の王子で婚約者がいないのは、ホセのみである。

侍女であるモリーはほぼリリアーナと一緒《いっしょ》にいるため、ウィリアムの無愛想な塩対応を目にする機会がほとんどないのだ。

「私がウィルに初めてお目にかかった時は、『塩対応』でしたわよ？」

「ええっ？」

「モリーはあの時同行しておりませんでしたが、話しましたでしょう？　ほら、私が婚約者に決まったあのパーティーで『コレでいい』と言われたことを……」

それは一年程前のこと。

当時婚約者の定まっていないウィリアムのために、十四～十八歳までの未婚《みこん》の高位貴族令嬢を集めた、所謂《いわゆる》『お見合いパーティー』なるものが国王主催《しゅさい》で行われた。

そこでリリアーナが選ばれたのだが、その時の言葉が『コレでいい』だったのだ。

後にウィリアムはその時のことを深く反省し謝罪してくれたのだが、失礼にも程がある言葉である。

「ああ～。そういえば、そんなことがありましたね。すっかり忘れておりました。確かその後登城した際、お嬢様の歩幅《ほはば》に合わせてもらえずに、小走りまでさせられたんでしたね」

「……そんなことまで覚えていなくていいですわ」

淑女《しゅくじょ》が小走りするなどはしたないとされているため、リリアーナは羞恥《しゅうち》に頬を朱く染めてプイッと横を向く。

「でもその後からは溺愛一直線でしたよね」

「ちょっと、モリー！　溺愛一直線とかっ。そんな、恥《は》ずかしいこと……」

口をパクパクさせながらモゴモゴ言うリリアーナに、モリーは生暖かい目を向けた。

「わ、私のことより、モリーはどうなんですの？　どなたか良い方はおりませんの？」

「おりませんね」

迷いなく言い切るモリーに、リリアーナは小首を傾《かし》げて更《さら》に問う。

「いいな、と思う方も？」

「う～ん。おりませんね」

「では、モリーの好みの男性は？　どんなタイプの方が好きですの？」

　モリーは少し考えて、答える。

「好みのタイプ、ですか？　特にコレといったものはないのですが、強《し》いて言うなら『私だけを見てくれる人』ですかね」

「そうね、そこは大事ですわ」

　リリアーナはウンウンと頷《うなず》く。

「とはいえ、好みのタイプだから好きになるというわけではありませんし、そのうち良い方が見つかればいいなとは思いますが……」

「あら、分かりませんわよ？　もしかしたら気付いていないだけで既《すで》に出会っているかもしれませんし、あるいはこの先運命の出会いが待っているかもしれませんし」

　リリアーナは楽しそうに「ね？」とモリーに同意を求めた。

　二人がお尻の悲鳴も忘れて恋《こい》バナで夢中になる中、ようやく馬車は王宮の馬車停《ばしゃど》めに到《とう》着《ちゃく》した。

　先に馬を下りたウィリアムが、馬車から降りるリリアーナに手を差《さ》し伸《の》べる。

「ありがとうございます」

　そっと重ねられた手を握《にぎ》ると、ウィリアムはリリアーナの歩調に合わせるようにゆっくりと王宮内へ足を進めた。

翌朝、ウィリアムと少し遅《おそ》めの朝食をとり、モリーの淹《い》れた紅茶を頂く。

昨日はヴィリアーズ領から戻ったばかりで疲《つか》れており、夕食は自室に用意してもらい早々に就寝《しゅうしん》してしまったのだ。

ウィリアムはカップをソーサーへ戻しひと息つくと、「昨夜はゆっくり眠《ねむ》れたか？」とリリアーナに尋《たず》ねた。

「ええ、それはもうぐっすりと」

しっかり睡眠《すいみん》がとれたためか、気分もスッキリしている。

珍《めずら》しく一度の声掛《こえか》けだけで起きることが出来、モリーに驚《おどろ》かれたほどだ。

「そうですわ、ウィルにもお土産《みやげ》がありますの」

リリアーナはヴィリアーズ領で、大量のお土産を買っている。

モリーを呼び、ウィリアムへのお土産を持ってきてもらい、ついでに使用人達へもお土産を配っておくようにお願いした。

ちなみに国王夫妻や殿下達には後程ゆっくりお渡《わた》しする予定である。

「我がヴィリアーズ領で、一番美味《おい》しいと評判のお酒ですの」

ヴィリアーズ領の特産品は良質なお酒と酒粕《さけかす》を使った食品や化粧品《けしょうひん》などで、最近では薬草や珍しい果物などの栽培《さいばい》にも力を入れている。

とはいえ、食品や化粧品以外でこれといったお土産があるわけではなく。

色々考えた末お酒に決めたのだが、正直喜んでもらえるか自信はなかった。

リリアーナは心配そうにウィリアムを見つめる。

「ありがとう。いつの間に……」

自然な笑みを浮かべるウィリアムに、リリアーナはホッと胸を撫《な》で下ろした。

「ウィルが迎《むか》えに来てくださった日の昼間に、イアン兄様とエイデンと町に出掛《でか》けて、その時に購入《こうにゅう》しましたの」

「記念に飾《かざ》って……」

せっかく一生懸命《いっしょうけんめい》選んだのに、本当に飲まずに飾ってしまいそうなウィリアムに、リリアーナがピシャリと言い放つ。

「ちゃんと、飲んでくださいませね？　出来ましたら、その後に感想を聞かせて頂けるとありがたいですわ」

「ああ、分かった」

安心したように「ふふっ」と笑えば、ウィリアムは首を傾げる。

リリアーナはそれに気付くと、「実は少し心配でしたの」と言った。

「何の心配が？」

「ヴィリアーズ領の特産品は化粧品など女性に好まれるものは多いですが、男性に贈《おく》るものとなるとお酒くらいのものですから。ウィルが好まれるかどうか分からなかったので、買ったはいいものの、喜んで頂けるかどうか……」

　そう言いつつ、リリアーナは肩を竦める。

「私のことを想《おも》って選んでくれる気持ちが嬉しいのだ。リリーが選ぶものなら、どんなものでも喜ぶ自信があるぞ？」

「まあ、どんなものでも？」

「ああ、どんなものでも、だ」

「ではレースがフリフリのシャツでも？」

「ああ、レースがフリフリ……。リリー？」

「うふふ、冗談《じょうだん》ですわ」

　困ったような顔のウィリアムに、リリアーナはイタズラが成功した子どものように笑いが止まらない。

「リリー？」

　ウィリアムのジト目に気付き、リリアーナは少し調子に乗りすぎたと、慌《あわ》てて話題を変える。

「ええと、そうそう。子ども達にもお土産を買ってきましたのよ？　週末に、顔見がてら渡してこようと思いますの。ウィルは……お忙《いそが》しいですよね？」

「週末か……。確か近場だが、視察が入っていたな」

「そうですか……。残念ですが、今回はモリーとケヴィンを連れていって参りますわ。お互《たが》い少し落ち着きましたら、一緒にお出掛け致《いた》しましょう」

残念そうに告げたウィリアムにそう返すと、「楽しみにしている」と蕩けるような笑みを浮かべて、ウィリアムはリリアーナの額に口付けた。

学園が始まって最初の休日。

リリアーナは予定通り、モリーとケヴィンと他二名の護衛を連れて、王都の噴水《ふんすい》広場を歩いていた。

目的地はこの先にある、貧しい子ども達が読み書きを学ぶことが出来る教室『子ども達の家』である。

この名前にしたのは、誰《だれ》にも分かりやすく、少しでも子ども達が頑張《がんば》る姿に興味を持ち、応援《おうえん》してもらえるようにという気持ちが込められている。

少し前、隣国《りんごく》よりマリアンヌ王女が来日されていたのだが、ウィリアムがその対応に追われている隙《すき》に、リリアーナは何度か街へ内緒《ないしょ》で出掛けていた。

その時に出会ったのが貧民街《ひんみんがい》の子ども達である。

彼らにも学べる場をと、たくさんの方の協力を得て、『子ども達の家』を開くことになったのだ。

「こんにちは」

リリアーナが引き戸からひょっこりと顔を出すと、一斉《いっせい》に子ども達の視線が集まる。

「あ〜、リリ様だ！」

「リリ様〜」

子ども達は満面の笑みを浮かべながら立ち上がると、リリアーナの元へパタパタと走り寄ってきた。

ここには小さな子どもも多いため、呼びやすいように子ども達にはリリアーナを『リリ様』、ウィリアムを『ウィル様』と呼ぶことを許している。

「見て見て〜、名前、書けるようになったの〜」

そう言った少女の手にする紙には、かなりバランスが悪いけれど一生懸命書いたであろう名前がびっしりと並んでいる。

「まぁ、すごいですわ！　もうこんなに書けるようになりましたのね」

リリアーナが少女と目線を合わせるようにかがみながら頭を撫でると、少女は気持ち良さそうに目を細めて笑った。

まるで仔猫《こねこ》のようで、リリアーナは胸がほっこりと癒《い》やされるのを感じた。

「俺もっ、俺も書けるようになった！」

「私も～」

褒《ほ》めて、と言わんばかりに次々と子ども達が名前を書いた紙を片手に寄ってくる。

少し前までは文字を読むことすら出来なかった子ども達の成長に、自然とリリアーナは笑みが零《こぼ》れる。

「まあ、みんな頑張りましたのね。素晴《すば》らしいですわ」

子ども達は皆《みな》照れたように「えへへ」と笑った。

「そんなあなた達に、お知らせがありますの」

小さな子ども達の後ろで、遠慮《えんりょ》がちに近付いてきていた少年ルークが緊張《きんちょう》した面持《おもも》ちで質問してくる。

「薬草栽培の件か？」

リリアーナは静かに頷き、優しい笑みを浮かべた。

「お父様から了承《りょうしょう》を得ることが出来ましたの。こちらでしっかり学び、一定の基準をクリアした子どもから順番にヴィリアーズ領へ移り、賛同してくれた農場主のお宅に住み込みで働いてもらいます。あなた達に家賃や食事代はかかりません。多くはないですが、一定の給金も出ますわ」

それまで大人しく聞いていたルーク達が、給金が出ると言ったところでざわつき始める。

「ねえねえ、それって暖かいお布団《ふとん》で眠れて、お腹《なか》いっぱい食べられて、お金がもらえるの？」

リリアーナの目の前にいた小さな少女が大きな瞳に期待を込めて聞いてくる。

「そうね。その代わり、一生懸命働かないといけないわね。『働かざる者食うべからず』って言いますでしょう？」

「うんっ！　セリ、ちゃんと働けるよ？」

「偉《えら》いわね。そのためにも、今は読み書きと計算を頑張って覚えましょうね」

「うん。セリ頑張る！」

鼻息荒《あら》く拳《こぶし》を握って宣言する小さな少女、セリの頭をリリアーナは優しく撫でる。

「あなた達の頑張りを、決して無駄《むだ》にはしませんわ」

ルークはその言葉にホッとしたように、初めて子どもらしい笑顔を見せた。

（こんな顔も出来るんですのね）

これまで子ども達の代表として連絡役《れんらく》をしてくれていたルークは、皮肉げに笑ったり苦笑を浮かべることはあったのだが、こんな風に素直《すなお》な笑みを見せることはなかった。

守ってくれる大人がおらず、自分よりも小さな子ども達を守らなければならなかったルークは、子どもでありながら子どもでいることが出来なかったのだろう。

リリアーナとて、全ての子ども達を救えるなどとは思っていない。

けれども、せめて今自分の目の前にいる子ども達だけでもその笑顔を守りたいと、守っていこうと思った。

「そうそう、今日はみんなにお土産を持ってきましたの」

「「「お土産⁉」」」

途端《とたん》に子ども達は溢《あふ》れんばかりの笑顔になる。

「わ～い、やったぁ！　お土産っ‼」

喜びで走り回る子どもや、リリアーナに抱《だ》きつく子どもなど、みんな大はしゃぎだ。

「はいはい、ちゃんとみんなの分あるから、順番に並んでね～」

クスクスと笑いながら、モリーと大量のお土産を持ったケヴィンが現れると、子ども達は一斉にそちらへ走っていく。

苦笑しつつそんな子ども達のうしろ姿を眺《なが》めていると、この教室で先生役を務めてくれているうちの一人である、初老のカミラが話しかけてきた。

「子ども達はほぼ毎日こちらに通って、熱心に学んでおりますよ」

「ええ。先程子ども達が、名前を書いた紙を見せてくれましたの。とても楽しそうで、安心しました。これも先生方が子ども達に向き合って、熱心に教えてくださるおかげですわ。感謝申し上げます」

「いえいえ、私も子ども達に癒やされているんですよ？　他の先生方も同じ気持ちだと思いますわ」

　カミラは目尻の皺《しわ》を深め口角を上げながら、子ども達へ優しい視線を向ける。

　そして、思い出したように両手を小さく叩《たた》きながら、嬉しそうに話しだした。

「ルークがね、将来リリ様やヴィリアーズ伯爵家のために何か出来るように、しっかり学ぶんだと言っておりましたよ」

「ルークが？　そんなことを？」

「はい。ルークは少し思い込みが激しいところがありますが、面倒《めんどう》見《み》が良くしっかり者で、そしてとても頭の良い子どもです。こうして学べる場所を与《あた》えられたことが、どれだけ恵《めぐ》まれたことかをキチンと理解しています。自分だけでなく他の子ども達にも、努力次第《しだい》で今の生活から抜《ぬ》け出せるチャンスを頂けたこと、それだけでなくヴィリアーズ領での薬草栽培のお仕事斡旋《あっせん》のお話に、とても感謝しておりましたわ」

　驚くリリアーナに、カミラは自らの口の前に人差し指を立て、「内緒ですよ？」と笑った。


　午前の授業が終われば、楽しいランチタイムである。

学園内にある食堂は、とても開放的で明るい。

扉《とびら》を開けると白っぽい壁《かべ》に落ち着いたベージュの絨毯《じゅうたん》が続く床《ゆか》、吹《ふ》き抜けの広い空間には白いテーブルクロスの掛かった丸テーブルと椅子《いす》が多数並んでおり、一面に広がる窓からはサンサンと日差しが差し込んでいる。

入って左側に注文カウンターがあり、名前とメニューを告げると席まで運んでもらえるのだ。

右奥には階段があり、その階段を上った先にあるのは王族と、王族が認めた者のみが使用を許されている特別室がある。

特別室には重厚《じゅうこう》なテーブルが三つ、それぞれに六席程の椅子がテーブルを囲むように置かれ、大きな窓からは噴水と綺麗《きれい》な花々が見下ろせる。

まさに『特別室』であろう。

現在学園に通う王族はホセのみだが、彼が使用するのもあと数カ月。

リリアーナより一つ年上のホセが卒業するまでの間である。

王太子の婚約者であるリリアーナも使用する権利はあるのだが、気後《きおく》れしてしまって今まで一度も足を踏《ふ》み入れたことはない。

今後もきっとリリアーナが使用することはないだろう。

そんな学園の食堂は、料理も美味しいと評判だ。

それに、お願いすれば食堂以外の指定した場所に運んでくれるのもまた、生徒達にとても喜ばれている。

リリアーナ達は天気の悪い時以外、学園の裏庭にある四阿《あずまや》に運んでもらっていた。四阿のすぐ横には大きな池があり人気《ひとけ》もあまりないため、内緒話をするにはもってこいであり、お気に入りの場所なのだ。

食堂の入口にはメニューボードが置いてあり、こちらで何を注文しようか検討する。

この食堂はレギュラーメニューと週替《しゅうが》わりメニューと日替わりメニューがあり、リリアーナは瞳をキラキラさせてメニューボードを見ていた。

「日替わりメニューはビーフシチューですって」

実はこのビーフシチュー、食堂の日替わりメニューの中でも特に人気が高い。

月に一度程の頻度《ひんど》で出てくるのだが、すぐに品切れとなってしまうのだ。

リリアーナが学園の高等部へ通い始めて一年以上経《た》つが、口に出来たのは片手で足りるほどである。

「私はそんなにお腹が空いてないから、今日はサンドイッチにする」

「私もサンドイッチにしますわ」

エリザベスとクロエも決まったようなので扉を開けて食堂へ入ると、注文カウンターの前にはホセが並んでいた。

学園内では皆平等を謳《うた》っているため、たとえ王子様と言えども自分で注文しなければならない。

とはいえ、特別室がある時点で平等とは言えないだろうが。

「ホセ殿下は何になさいましたの？」

「ん？　もちろんビーフシチューだ。リリアーナ嬢は？」

ホセは可愛らしい容姿をしているが、その見た目に反してなかなかに腹黒いお方である。人前ではちょっとヤンチャで甘え上手な末っ子王子のように振《ふ》る舞《ま》っているが、警戒心《けいかいしん》が強く、軽口を叩ける数少ない相手であるリリアーナの前では全くと言ってよいほどに態度が違うのだ。

いつもであれば『お前』呼びであるため、人目があるからか『リリアーナ嬢』などと呼ばれると、思わず苦笑してしまう。

「私もビーフシチューにしようと思っておりますわ」

嬉しそうに言うリリアーナに、ホセは「そうか」と言って意味深な笑みを浮かべながら、ご学友達と共に特別室へ続く階段の方へ向かって歩きだした。

婚約者のいないホセはザヴァンニ王国内で一番の『優良物件』なため、常に婚約者のいない令嬢達から過剰《かじょう》なまでのアプローチを受けている。

ランチくらいは仲の良い友人達とゆっくりしたいのだろう。

ちなみにリリアーナの兄イアンと弟エイデンも現在婚約者がおらず、国内における『優良物件』十本の指に数えられているそうだ。

「ご注文を承《うけたまわ》ります」

「エリザベス・クーパーです。裏庭の四阿へローストビーフサンドを」

「クロエ・ゴードンです。私も裏庭の四阿へ野菜たっぷりサンドイッチをお願いします」

「リリアーナ・ヴィリアーズですわ。同じく裏庭の四阿へ、ビーフシチューをお願いします」

カウンター内の女性が注文内容を記入している手を止めて、頭を下げた。

「申し訳ございません。ビーフシチューは先程最後の一食が出てしまいまして。他のメニューをお選び頂けませんか？」

……先程《さきほど》のホセの意味深な笑みは、これだったのか。

リリアーナはショックを隠《かく》しきれず肩を落として溜息《ためいき》をつくと、仕方なく違うメニューを選択《せんたく》する。

「……では私もローストビーフサンドをお願いします」

注文を終えるとエリザベスとクロエに続き、トボトボと裏庭の四阿へ向かうのだった。

四阿のテーブルの上には、ローストビーフサンドが二つと野菜たっぷりサンドイッチと、セットで付いてきた野菜がたっぷり入ったスープが乗っている。

それらはとても美味しそうではあるが、ビーフシチューが食べたかったリリアーナは両手の拳を握って悲痛な叫《さけ》び声《ごえ》を上げた。

「ああもうっ！　ホセ殿下なんて枕《まくら》が合わずに寝違《ねちが》えてしまえばいいんですわっ！」

「ぶはっ」

誰かの勢いよく噴《ふ》き出す音に「え⁉」と驚いて三人が振り返れば、見慣れない黒髪《くろかみ》黒目の男子生徒が、こちらを横目にお腹を抱《かか》えて笑いながら去っていくところであった。

「リリ様、気を付けませんと……」

困り顔のクロエに注意される。

「う、そうですわね。これからは気を付けますわ」

あまり人が来ない場所とはいえ、絶対に誰も来ないというわけではないのだ。

クロエの言う通りもう少し気を付けなければいけないと反省する。

だとしても、だ。

「どなたか存じませんが、いくら何でも笑いすぎではありませんの？」

頰《ふく》を膨らませて怒《いか》りを露《あら》わにするリリアーナに、エリザベスが苦笑を浮かべ「まああ」と落ち着かせようとしつつ「そういえば」と話しだす。

「多分だけど、アレって『成金国《なりきんこく》』からの留学生じゃないかなぁ？」

「成金国って、東国のことですわよね？」

リリアーナが合ってます？　という表情をエリザベスとクロエに向けると、二人はウンウンと頷く。

――東国はザヴァンニ王国から馬車で二十日程の距離《きょり》がある国で、国民の容姿は黒髪黒目のアッサリ顔でやや幼く見えるのが特徴《とくちょう》である。

ちなみにザヴァンニ王国には黒髪の者や黒目の者はそれなりにいるが、黒髪黒目両方という容姿は珍しく、顔立ちも彫《ほ》りが深めの者が多い。

もともと農業が盛《さか》んで穏《おだ》やかな国だったのだが、二十年程前に西部に連なる山々から金《きん》が採れることが分かると農業は疎《おろそ》かになり、金の輸出で収入を得るようになったのだ。

国を挙げて金の採掘《さいくつ》を行うこととなり、農夫は駆《か》り出され、働き手のいなくなった農地は当然のように縮小されていく。

手っ取り早くお金が入るようになり、質素倹約《けんやく》をモットーとしていたはずの国王夫妻の指には大きな宝石の付いた指輪がいくつもつけられ、豪華絢爛《ごうかけんらん》な衣装《いしょう》を身に纏《まと》う成金主義へと移行していったのだ。

そうして他国から『成金国』と呼ばれるようになったのである――。

「そういえば、少し前に隣《となり》のクラスに留学生がみえると話題になっておりましたね」

クロエが思い出したように言えば、エリザベスも頷く。

「そうそう。クラスが違うから直接話したことはないけど、どうにも成金国って悪いイメージが先行してるみたいね。友情もお金で買いそうとか好き勝手言ってるヤツが何人かいるみたい。なんか、感じ悪いよね？」

その言葉に、リリアーナは先程までその留学生に腹を立てていたことをすっかり忘れるどころか、少しばかり同情してしまった。

「実際本人がそういう方ならば仕方ありませんが、イメージだけで色々言われるのは気分が良くありませんわ。何にしても、良いお友達が出来るとよいですわね」

「本当にね」

その後、美味しいランチに舌鼓《したつづみ》を打ちながら流行のカフェやお芝居《しばい》の話で盛り上がり、ビーフシチューのことや東国の留学生のことはすっかり忘れてしまっていた。


翌朝、リリアーナが馬車から降りていると、隣の馬車から降りてきたのは黒髪黒目の男子生徒だった。

昨日話題に挙がった成金国の彼である。

「あれ？　君、呪《のろ》いの子でしょ？」

「呪いの子って……いきなり何ですの？　失礼ですわ！」

「あはは、悪い悪い」

口では謝罪しているものの、まるで悪いと思っていないことが丸分かりである。

「俺は留学生のクリス・イエルタン。君の隣のクラスだ」

「……リリアーナ・ヴィリアーズですわ」

不本意ながらも名乗り返す。

行く方向が全く同じなため、仕方なく並んで一緒に教室へと向かうしかなかった。

「それにしても昨日のアレ、随分《ずいぶん》と可愛らしい呪いだったよな」

「呪いではありませんわ。あれはお祈《いの》りですの！」

「お祈りね。うんうん、あはは。そうかそうか。で？　他にはどんなお祈りがあるのかな？」

リリアーナはマイペースなクリスに若干《じゃっかん》イラッとしながらも、諦《あきら》めたように質問に答えた。

「他に、ですか？　そうですわね……。常に靴《くつ》の中に小石が入っているお祈りですとか、何もないところで躓《つまず》きますようにとか。結んでも結んでもすぐに靴紐《くつひも》が解《ほど》けますようにですとか、靴下《くつした》が片方しか見つからないように……といった感じですわね。あ、鼻毛が三倍速で伸びるお祈りもしましたわ！」

「あはっ、あははっ、いや、随分と可愛らしい、地味に嫌《いや》な呪いのオンパレードだな。君、サイコーだよ！」

そう言いながら、クリスは笑いすぎて若干涙目《なみだめ》になっている。

「先程も申し上げましたが、呪いではなくお祈りですわ！　それに呪いに可愛いとか可愛くないとか、ありますの？」

「ん？　ああ。俺の国に伝わる『ウシノコクマイリ』という人形《ひとがた》を使った呪いを耳にしたことはないかな？　アレなんて全く可愛さがないぞ？」

リリアーナは首を傾げる。

「……ウシノコクマイリ、ですか？　何ですの？　それは」

「東国独特のものらしいから、知っている人の方が少ないかもね。まず、人が寝静《ねしず》まった時間に誰にも見られぬように白い装束《しょうぞく》を纏って、予《あらかじ》め用意しておいた呪いたい相手の髪などの入った人形を、呪いの言葉を吐《は》きながら樹木に毎日一本ずつ杭《くい》で打ち付けること一週間。相手が呪われる、というやつだ。まぁ、本当に呪われるかどうかは、実際にやったことがないから分からないけどね」

「例えばですが、もし誰かに見られてしまったらどうなりますの？」

「ん？　相手への呪いが自らに返ってくると言われているよ」

「リスクが大きすぎますわね」

「うん、そうだね。ハイリスクだよね。ところで、リリアーナ嬢の言うお祈りはおまじないのようなものだと思うけど、そもそも『おまじない』というのも呪いの一種と言われているのは知ってるかい？」

思いも寄らないことを言われ、リリアーナは慌てて視線をクリスへと向ける。

「え？　そうですの？　それは存じませんでしたわ。では私のお祈りも呪いの一種ということに？」

「まあ、言い方が若干違うだけで、そうなるよね」

クリスの返事に、リリアーナの顔からサァーッと血の気が引いていく。

「……どうしましょう。ダニマッチョへのお祈りが返ってきてしまったら、私の鼻毛が三倍速で伸びてしまいますわっ!!」

「ぶはっ」

お腹を抱えて笑うクリスに、リリアーナはギッと睨《にら》み付けた。

「笑いごとではありませんのよ？　どうしたら私の鼻毛が三倍速で伸びるのを回避《かいひ》出来るか、あなたも真剣《しんけん》に考えてくださいませっ！」

人は笑いすぎると声が出なくなるらしいが、体を折り曲げるようにしてプルプルしているクリスを見ると、事実のようである。

「ダニマッチョ……鼻毛……わ、笑い死ぬ……」

笑いすぎて息絶え絶えと言ったクリスに、リリアーナは諦めたように肩を落とした。

昼休憩《きゅうけい》となり、いつものようにランチの注文後に、友達同士で裏庭の四阿へやってきたのだが……。

「またあなたですの？」

呆《あき》れたようにリリアーナがそう言えば、既に四阿で寛《くつろ》いでいるクリスが満面の笑みを浮かべて手を振っている。

仕方なくリリアーナがクリスの隣に座れば、困惑顔《こんわくがお》のエリザベスとクロエも腰《こし》を下ろした。

「リリ、あなたいつの間に彼と仲良くなったの？」

昨日までは顔も知らなかった相手である。もっともな質問だろう。

「今朝馬車停めのところで偶然《ぐうぜん》お会いしましたの」

「そうそう。それでリリアーナ嬢の話を聞いたらめちゃめちゃ面白《おもしろ》い子だと思ってさ。いつもここでランチしてるみたいだったから、邪魔《じゃま》させてもらったんだ。いきなりで申し訳ないね」

言葉では謝罪するも、全く申し訳なさそうな顔をしていない。

リリアーナは今朝もそうだったなと思い出しながら、この人はこういう人なのだろうと仕方なく自分を納得《なっとく》させた。

「俺は留学生のクリス・イェルタン。君達の隣のクラスだ。名前を伺《うかが》っても？」

「エリザベス・クーパーよ」

「クロエ・ゴードン、です」

自己紹介《しょうかい》が済むと、エリザベスがクリスにドがつくほどの直球で質問をした。

「いきなりで悪いけど。あなた、一緒に食事する友達がいないの？」

言葉は少しキツいが、これは何だかんだで面倒見のいいエリザベスが心配して聞いているのだ。

「アハハッ！　気持ちいいくらいにはっきり言うねぇ。まぁ、せっかく留学してきて気楽に過ごしたいと思っていたのに、なかなかそういう気安い関係を築くのは難しくてね」

やはり『成金国』出身というのがネックになっているようだ。

エリザベスの口調はキツさだけを捉《とら》える人も多いが、彼はあまりというより全く気にしていないようであり、むしろ喜んでいる節《ふし》がある。

それはもちろん友達がいないのを喜んでいるのではなく、勝手に気遣《きづか》うでもなくはっきりと聞いてくれたことに対して喜んでいるのだ。

人見知りするクロエはいつも以上に大人しく、聞き役に徹《てっ》している。

リリアーナもクロエに習って聞き役へ回ることに決めた。

「ふ〜ん、気安い関係って、たとえばどんな関係のことを言ってるの？」

明らかに一段低くなった声は、エリザベスの警戒心が上がったことを物語っている。

「ん？　ああ、言い方がまずかったか。悪い、変な風に取らないでくれ。互いに素の自分を出せるっていうか、純粋《じゅんすい》に仲良く付き合えるっていう意味で言ったのであって、気安く遊べる女性とかっていう意味では決してないから、そこは誤解しないでほしいな」

言葉のチョイスがまずかったと、一生懸命に誤解を解こうとする姿には嘘《うそ》がないように思える。

彼なりに留学先であるこのザヴァンニ王国で、友人を作ろうと努力しているのだろう。ただ『成金国』の悪いイメージが邪魔《じゃま》をして、なかなか良い結果には繋《つな》がっていないようだが。

「それは性別に関係なく？」

「ああ。出来れば男同士の友情も深めたいところではあるけど、面白い奴《やつ》がいれば性別にかかわらず仲良くなりたいと思うだろ？」

『確かに』と、三人は頷く。

「その面白い奴というのがリリだったわけね」

クリスはニヤリと笑う。

「実際面白いだろ？　俺、久々に腹を抱えて笑ったし」

「ちょっと、エリー？　そこは否定してくださいませ！」

「まあ、否定はしないわ」

エリザベスとクロエが向き合いながら「だってねぇ？」と困ったように笑っている。

「いや、ほんと仲いいよな。羨《うらや》ましいわ」

そう言って笑うクリスは、何だか少しだけ寂《さび》しそうに見えた。

「なあ、またこうやって邪魔させてもらってもいいかな？」

クリスからのお願いに、三人はどうしたもんかと思案する。

未婚の異性と二人きりとなると問題があるが、複数人であり時々ならばさして問題にはならないだろう。それに、留学先で友人がいないというのは些《いささ》かお気の毒すぎるし、先程の寂しそうな笑顔も気になるのだ。

「たまになら、いいんじゃない？」

エリザベスの提案に、皆が頷く。

「でも、せっかくこんな遠くまで留学してきたんだし、同性の友人を作る努力は継続《けいぞく》しないとね？」

クリスは嬉しそうに破顔した。

「それはもちろん！　よろしくな」

そこへタイミングよく食事が運ばれてきたのだが。

「……それ、全部食べる気？」

エリザベスが顔を若干引《ひ》き攣《つ》らせている。

それは、テーブルの上に所狭《せま》しと並べられたお皿の量を見れば、納得である。

「もちろん」

クリスは何かおかしなことが？　とでも言うように首を傾げている。

食堂から食事を運んで来てもらう場合、少量であればトレーで運べるのだが、多いと二段になったワゴンで食堂スタッフが運んでくるのである。

リリアーナ達だけであればワゴン一台で十分余裕《よゆう》があるほどなのだが。

今日はクリスの分が増えたとはいえ、いつものワゴン二台にギッシリの状態で運ばれてきたのだ。

「流石《さすが》に食べすぎではありませんの？　一人分の量ではありませんわ」

少し、いや、だいぶ心配になる量である。

「いつもこれくらいだけどな？」

驚きを通り越して呆れてしまう。

「リリの食欲が可愛く見えるわね」

エリザベスの言葉にクロエも頷く。

「そこはあまり比較《ひかく》してほしくないのだけど……」

面白くなさそうな顔のリリアーナに、クリスが「よかったら食べるか？」と聞いてくる。

一転、リリアーナは破顔した。

「よろしいの？　クリス様はいい方ですわね」

「リリ……」

「リリ様、食べ物につられて変な方《かた》についていかないでくださいませね？」

「私は子どもではないのですが……」

そんなやり取りに、またしてもクリスがお腹を抱えて笑うのであった。


夕食後の応接室で、今日もリリアーナはウィリアムの膝上《ひざうえ》に横向きで乗せられている。

リリアーナは学園と王太子妃《ひ》教育があり、ウィリアムは近衛騎士団《このえきしだん》副団長も兼任《けんにん》しているため、何とか勝ち取っていたお茶の時間も徐々《じょじょ》に取れなくなっていた。

だが、どんなに忙しくても、夕食後に一時間程の二人だけの時間をウィリアムは捻出《ねんしゅつ》してくれていた。

「学園はどう？　楽しめているか？　王太子妃教育では無理していないか？」

リリアーナにのみ心配性《しんぱいしょう》になるウィリアムに苦笑を浮かべつつも、こうして気に掛けてくれることは正直嬉しい。

「ええ、それなりに楽しんでおりますわ。そうそう、留学生のクリス様と仰《おっしゃ》る方と、お友達になりましたの」

「ほう？　クリス？　留学生……」

ウィリアムの片眉《かたまゆ》が少し上がる。

「ええ。東国から留学してこられたのですって。物凄《ものすご》い量の食事を食べられますのよ？　あれだけの量がどこに吸い込まれていくのか、とっても不思議ですわ！」

「そんなにか？」

「そんなにですわ！　テーブルに乗せきれないほどの量を一人で食べられますのよ？」

「それは確かにすごいな」

ウィリアムは感心したように頷く、が。

「その留学生、クリスと言ったか？　彼は大食いなこと以外にどんな人物なのかな？」

リリアーナにとって初めての『異性の友人』である。

ウィリアムが気にならないわけがなかった。

いや、自分の知らない、学園でのリリアーナを知っている『異性の友人』なのだ。

正直に言えば、面白いはずがない。

だが、楽しそうに話すリリアーナにそれを言うのもどうなのか。

そんなウィリアムの気持ちなど全く知る由《よし》もないリリアーナは、どんな人物かと問われ少し考える。

「よく笑っておりますわね」

「笑って……？」

いや、聞きたいことはそうじゃない。ウィリアムの顔がそう物語っているが、リリアーナは気付かない。そのため、ウィリアムは質問を変えることにした。

「では……彼とはどうやって知り合ったんだ？」

「昨日の日替わりランチは私の好きなビーフシチューだったのですが……」

いきなり出てきたビーフシチューの話題に、ウィリアムは首を傾げながらもリリアーナの話に耳を傾《かたむ》けた。

「目の前で最後のひと皿がなくなってしまったのですわ。しかもその最後のひと皿を頼《たの》まれたのがホセ殿下でしたの。私がビーフシチューを食べられないことを知っていて、笑って見ておりましたのよ？　ですから、ホセ殿下には『枕が合わずに寝違えますように』とお祈りして差し上げましたの。それをクリス様に聞かれて、大笑いされましたわ」

「そうか……。それはホセが悪かったな」

ホセならやるだろうと、ウィリアムは苦笑を浮かべながらリリアーナの頭を撫でた。

「そうそう、ウィルはご存じかしら？　おまじないやお祈りは呪いの一種なんですって！」

「ほう？」

それから『ウシノコクマイリ』についての話を覚えている範囲《はんい》で説明し、もしダニエルへのお祈りが自分に返ってきてしまったらという不安を口にすると、クリスと同じような反応をウィリアムにされたのだ。笑わないはずの『氷の王子様』が爆笑《ばくしょう》中である。

この世にも珍しい光景に、護衛のケヴィンが開いている扉からこっそりと中を覗《のぞ》き込む姿が見えた。

扉を背にして座っているウィリアムは気付いていない。

現在進行中でウィリアムの膝に乗せられているリリアーナは、その恥ずかしい姿を見られたことに頬を羞恥に朱く染め、ケヴィンをギッと睨む。

ケヴィンはニヤリといった笑みを浮かべると、すぐに扉の向こうへと引っ込んだのだった。

「今のところダニエルの鼻毛が出ているところは見ていないな。だがもしリリアーナの鼻毛が三倍速で伸びた時は、私が切ってあげるから安心するといい」

ひとしきり笑って落ち着いたウィリアムからそう言われ、リリアーナは慌てて断りを入れるのだった。

「その時は自分で切りますわ！」

幕間 ◈ ケヴィンの憂鬱

その日、ケヴィンは朝から嫌《いや》な予感がしていた。

朝、髪《かみ》を梳《と》かそうとブラシに手を伸《の》ばすが、滑《すべ》ってブラシを足の上に落とし、微妙《びみょう》に痛い思いをした。

机の角に小指をぶつけた。

逆さにして出したはずの小石が、未《いま》だ靴《くつ》の中でゴロゴロしている。

（……もしかして、これは嬢《じょう》ちゃんの呪《お祈》いか？）

昔からケヴィンは悪運に強いというか、第六感というか、とにかくそういったものに対する勘《かん》がやたらと働く。

今日は何となくだが、訓練場の方へ行ってはいけないような気がしていたが、そんな理由で鍛錬《たんれん》を休めるはずもなく。

……とはいえ、激しく気は進まない。

結果、やはり行くべきでなかったと、声を大にして言いたくなることが起こった。

「見つけた……私の王子様！」

「は？」

胸の前で両手を握《にぎ》り、キラキラした目でケヴィンを見つめるのは、十五、六歳であろう少女。

騎士《きし》の訓練後に、見学の群れから飛び出してきた彼女に突然《とつぜん》話しかけられた。

「あのっ、私、キャロラインです。先日街で助けて頂きました！」

「え？　は？」

名前を言われたところで、全く覚えがない。

どうしたものかと考えていれば、キャロラインは誰《だれ》も聞いていないのに、助けてもらったという状況《じょうきょう》を細かく話しだした。

「五日前に噴水《ふんすい》広場の前で、口論を始めた男性に突き飛ばされて蹲《うずくま》っている私に手を差し伸べて立ち上がらせてくれて。お礼を言おうとする私に、お礼はいらないから診療所《しんりょうじょ》で診《み》てもらうようにと優《やさ》しく言ってくださいました！」

そこまで聞いて、ケヴィンは何となく思い出してきた。

だが、言ってることはだいぶ湾曲《わんきょく》されている。

口論を始めた男性二人の側をウロチョロしている少女に危ないから離《はな》れるように誰かが言ったのだが、頭が悪いのか首を傾《かし》げてその場から離れなかったため、男性の一人が振《ふ》り上げた拳《こぶし》にぶつかり転倒《てんとう》。

そこにちょうど通りかかったケヴィンが邪魔《じゃま》な位置にいる少女にどいてもらおうと仕方なく手を差し伸べた。

立ち上がったと同時に「危ないから離れていろ」と言っても手を離そうとしない少女の手を振り払《はら》って「怪我《けが》してたら診療所で診てもらえ」と適当なことを言ってから口論の仲裁《ちゅうさい》にあたったのが真相なのだが。

少女のキラキラした瞳《ひとみ》が、何だかギラギラに変わった気がする。

これは関わったらいけない相手だと己《おのれ》の直感が言っていた。

「悪いけど急いでるから」

そう言って少女の横を通り抜《ぬ》けようとしたのだが、見かけと違《ちが》った俊敏《しゅんびん》さで回り込まれてしまった。

「あなたは私の運命の人なの！」

いや、勝手に運命を決めるなよ！　と心の中でツッコミを入れる。

こういう思い込みの激しいタイプは厄介《やっかい》だ。ケヴィンは静かに舌打ちした。

現在ケヴィンに決まった相手はいない。

と言っても、近衛《このえ》騎士団一の問題児『エロテロリスト』と呼ばれているケヴィンには、少し前まで決まっていないお相手はたくさんいたのだけれど。

結婚《けっこん》相手や婚約者《こんやくしゃ》がいれば、それを理由に「恋人に誤解されたくないから近付かないでくれ」と強く言えるのだが、そうもいかない。

他の騎士達もどうやらこの騒《さわ》ぎに気付いたようである。

しかしニヤニヤと面白《おもしろ》そうに見物を決め込んでいる。

（アイツら……。後で覚えておけよ！）

この目の前の厄介な少女からどうやって逃《に》げるか考えていると、「ケヴィン？」と後ろから声を掛けられた。

振り返るとモリーが立っている。

「お嬢様がね……」

どうやらケヴィンの陰《かげ》に隠《かく》れて、この厄介《やっかい》な少女の姿は見えていないようである。

ケヴィンは天の助けとばかりに用件を話そうとするモリーの言葉を遮《さえぎ》り、

「俺の運命の相手は、君じゃなくて彼女だから」

そう言ってモリーの肩《かた》に手を掛け、少女の前へズイッと押し出した。

「はい？」

モリーは突然のことに驚《おどろ》き目を見開いて固まる。

「だから、諦《あきら》めて？」

ケヴィンがニッコリと笑顔《えがお》で少女に言うと、我に返ったモリーが慌《あわ》てて否定しようとする。

「ケヴィン!?　あなた何言っ、モガッ」

目が笑っていない笑《え》みを浮《う》かべながらも、どこか必死な様子のケヴィンのゴツゴツとした固い掌《てのひら》で、口を塞《ふさ》がれた。

「いいから、話合わせろよっ！　厄介なのに絡《から》まれてんだよ!!」

小声で叫《さけ》ぶという器用なことをやってのけるケヴィンに、モリーは『手を退《の》けろ』と目で訴《うった》える。

「分かった分かった、そう睨《にら》むなって。手を離すから、余計なことは言わないでくれよ？」

モリーだけに聞こえるように小声でそう言うと、ゆっくりと手を離す。

そんな二人の様子が仲睦《むつ》まじく見えたのか、少女は不機嫌《ふきげん》そうに一方的に捲《まく》し立《た》てた。

「あなた、突然出てきて何なのよ！　彼は私の運命の人なのよ？　邪魔しないでよ、オバサン!!」

モリーのこめかみにピキッと血管が浮かび上がった。

確かに適齢期《てきれいき》を若干過ぎてはいるが、決して、オバサンと呼ばれる年齢《ねんれい》ではない。

モリーはゆっくりとケヴィンを振り返り、絶対零度《れいど》の笑顔を向ける。

「何だよ。俺は何も言ってねぇ！　そんな目で見るなよっ。一方的に言い寄られて困ってるんだ。俺は被害者《ひがいしゃ》だ。被害者‼」

必死な様子のケヴィンに、モリーは仕方ないと大袈裟《おおげさ》に溜息を一つつく。

「……貸し一つだからね」

そして少女の方へと向き直ると、困ったように片頬《かたほお》へ手を添《そ》えながら伝える。

「もし彼が思わせぶりなことをしたのだとしたら、ごめんなさいね。彼が言ったように、運命の相手は私だから、諦めてね？」

大人の余裕《よゆう》をわざと見せつけるようにしたのは、決して『オバサン』と言われたのを根に持ったわけではない……はず？

モリーはケヴィンの腕《うで》に手を回し、二人でその場を去ったのだった。

少女は何やらその後も騒いでいたようだが、どうやら警備の人に追い出されたらしい。

もう二度と来ないでほしいと、切に願うケヴィンだった。


「モリー、ケヴィン。あなた達、いつの間に運命の相手になりましたの？」

リリアーナの部屋に戻《もど》るなり突然言われ、固まる二人。

「お、お、お嬢様？　どうしてそれを……」

「モリーがなかなか戻ってこないから、心配して見に行きましたの。そうしたらあなた達が運命の相手宣言をしておりましたから、後でゆっくりお話を聞こうと、先に部屋に戻ってきましたの。うふふ」

とっても楽しそうである。

リリアーナは恋愛《れんあい》小説を『恋《こい》のバイブル』と呼んでいるくらいなのだ。

自分の目の前でそんな小説のような展開があれば、テンションが上がってしまうのは仕方がないだろう。

「いつからですの？　きっかけは？　告白はどちらからしましたの？　全く気付きませんでしたわ！」

瞳をキラキラさせて矢継《やつ》ぎ早《ばや》に質問してくるリリアーナに、モリーは慌てて先程《さきほど》の経緯《けいい》を説明した。

「運命の相手ではなかったんですのね……。楽しいお話が聞けると思いましたのに」

リリアーナはそう言って、残念そうに眉尻《まゆじり》を下げた。

「お嬢様？　残念ながら息をするように嘘《うそ》をつく者もいるのですよ？　……この者は息をするように女性を口説いてもおりますが」

そう言ってモリーはチラッと視線をケヴィンへと向けた。

「え？　俺？」

「他に誰かいます？」

ジト目のモリーに苦笑《くしょう》しつつ、ケヴィンは静かに首を横に振った。

第2章　国王陛下生誕祭パーティー

胸の前で本をしっかりと抱《かか》え込むようにして廊下《ろうか》を歩いていると、歴史を担当している教師に「リリアーナ君」と声を掛《か》けられた。

「はい、先生」

「君、これから図書室に行くのかい？」

行くのかい？　と聞いてはいるが、本を抱えたリリアーナが、図書室へ向かうのを分かっていて声を掛けているのが丸分かりである。

「ええ。本を返しに行くところですの」

今朝は馬車が早く学園に着いたため、時間のある今のうちに本を返しに行こうと思い立って、図書室へ向かうところであった。

「ちょうどよかった！　実は急いで持ってきてほしいと言われてるんだが、今ちょっと手が離《はな》せなくて困っていたんだ。申し訳ないが、ついでに司書さんに届けてもらえるかな？」

片手に本、片手に何やら丸めた長い紙をいくつも抱え、珍《めずら》しく困り顔をした教師にリリアーナは快諾《かいだく》した。

「ええ、構いませんわ」

一冊も二冊も変わらないと本を受け取ろうとしたのだが、目の前にズイッと出されたのはいくつもの丸めた長い紙の方であった。

大きな地図か家系図か何かを、クルクルと丸めたものなのだろう。

背の高いこの教師にはそこまで気にならない長さだが、背の低……あまり高くないリリアーナには自身の身長より長いソレは少し持ちにくく、何より一つでないのが問題なのだ。

「いやぁ、助かったよ。ありがとう」

心底助かったという笑顔《えがお》で言われてしまえば、今更《いまさら》やはりなかったことに……とは言いづらい。

苦笑《くしょう》を浮《う》かべつつ、リリアーナはソレを受け取り抱えるようにして持った。

バランスを崩《くず》さぬよう気を付けながら、それらを抱えて図書室へ足を進めていると、いつの間にか横にクリスが並んでいる。

「何やってるの？」

「あら、クリス様。おはようございます」

「おはよう。で、それ何？」

と、教師から預かった地図らしきものを指差される。

「これですか？　これは先程先生に、図書室まで持っていってほしいと頼《たの》まれたものですわ」

「ふぅ～ん？」

リリアーナの手からそれらをヒョイと奪《うば》われる。

「クリス様？」

「暇《ひま》だから着いてく」

「ええと、嵩張《かさば》りますが重くありませんし、自分で持てますわよ？」

正直少しばかり持ちにくくはあったが重さはさほど感じないので、直接頼まれた自分が持っていった方がいいだろうと思ってそう言ったのだが。

クリスは少し不機嫌《ふきげん》そうにリリアーナの額を小突《こづ》いた。

「そういう時は、素直《すなお》にありがとうでいいんだよ！」

リリアーナは一瞬《いっしゅん》驚《おどろ》いて目を丸くするも、笑顔でお礼の言葉を紡《つむ》ぐ。

「ふふっ。では、遠慮《えんりょ》なく。ありがとうございます。本当は少しだけ持ちにくいと思っておりましたの」

クリスはプイッと横を向いてしまったのだが、耳が少しばかり赤くなっている。

彼は案外照れ屋さんだったらしい。

リリアーナはクリスに分からないように、クスリと笑った。

二人が向かう学園の図書室は、最上階の北側にある。

直射日光による、本の劣化《れっか》を防ぐためらしい。

図書室と書かれた室名札の下の引き戸を開けて中へと入っていくと、朝早い時間のため他の生徒はまだ誰《だれ》もおらず、いつも以上にシンと静まり返っていた。

『図書室』とは言っても、蔵書数は『図書館』と言って差《さ》し支《つか》えないほどの量であり、天《てん》井《じょう》に届くほどの棚《たな》にギッシリと本が詰《つ》まっている。

頼まれたものをさっさと司書様に渡《わた》し、リリアーナは借りていた本の返却《へんきゃく》手続きをお願いした。

横にいたはずのクリスは、いつの間にか真剣《しんけん》な表情で奥の本棚《ほんだな》を見ている。

クリスが見ている辺りの本棚は確か、特に難しい本ばかりが置かれた棚である。

そういう本も読むのかと少し意外に思いながらも、クリスに声を掛けた。

「終わりましたわ」

クリスは本棚からリリアーナへと視線を向けると、スタスタと歩いてくる。

「もうよろしいんですの？」

借りたい本があったのではないかと確認《かくにん》すれば「なかったからいい」との返事だった。

「では、戻《もど》りましょうか」

「そうだな」

引き戸を開けて、図書室を出る。

一人で歩いてくるとそれなりの距離《きょり》があるように感じるが、誰かと話しながらだとあっという間に着いてしまうのだから不思議だ。

教室の扉《とびら》の前で、エリザベスとクロエが何やら話している姿が目に入る。

エリザベスがリリアーナとクリスに気が付き、笑顔で手を振《ふ》ってきた。

「おはよう。ねえねえ、聞いた？　食堂のコンロが壊《こわ》れたんだって。今日はランチの提供が出来ないから、午後の授業はお休みらしいわ。それで今クーと話していたんだけど、せっかくだからカフェでランチしない？」

「おはようございます。ええ、もちろん行きますわ」

久しぶりのカフェと聞いて笑顔で答えるリリアーナの横で、手を上げて立候補する者がいた。クリスである。

「おはよう。俺も一緒《いっしょ》に行ってもいいか？」

「レストランじゃなくてカフェだけど、大丈夫《だいじょうぶ》？」

呆《あき》れるくらいの量を食べるクリスに、カフェの軽食では足りないのではないか、というエリザベスなりの配慮《はいりょ》だったのだが。

「俺、甘いものが好きなんだよ。けど、男一人じゃそういう店には入れないだろ？」

少し恥《は》ずかしそうに頰《ほお》を掻《か》きながら、甘いものが好きと言い切ったクリスに、皆《みな》が微笑《ほほえ》ましいものを見る目になったのだった。


午前の授業を終え、以前は三人で訪《おとず》れたカフェ『シエル』へ今度は四人でやってきた。

運良く個室が空いていたため、そちらに案内してもらうことに。

個室の中央にある赤いテーブルクロスの掛かった丸テーブルの中央には、丸みを帯びたグラスがある。その中に浮かぶピンクのミニバラが可愛《かわい》らしい。

大きな窓には花の柄《がら》を模した繊細《せんさい》なレースのカーテンが掛けられており、陽によってその姿を美しく浮かび上がらせている。

メニューを手に何にするか迷いながらも、リリアーナは思い出したようにビーフシチューを注文し、エリザベスとクロエは種類の違《ちが》うパスタをそれぞれ注文した。

クリスは意外にもオムライスとハンバーグのみの注文だった。

料理に舌鼓《したつづみ》を打ち、和気藹々《わきあいあい》と会話を楽しみ、そしてメインの料理を食べ終えた後、それぞれデザートを頼んだのだが。

テーブルの上にはエリザベスの頼んだスフレチーズケーキと、クロエの頼んだショートケーキ。

それ以外に所狭《せま》しと置かれるデザートは、もちろんリリアーナとクリスの頼んだものである。

「ああ、幸せですわね」

「本当だな。どれも美味《うま》いな」

リリアーナとクリスはとても美味《おい》しそうにデザートを一皿一皿堪能《たんのう》している。

見ているだけで胸焼けを起こしそうになる光景だが、美味しそうに幸せ全開で食べているその姿には、エリザベスとクロエにも思わず笑《え》みが浮かぶ。

「ねぇねぇ、来月の国王陛下生誕祭のパーティーだけど、クロエはパートナーを誰にするのか決めたの？」

エリザベスの質問にクロエは困ったように眉尻《まゆじり》を下げた。

「いえ、まだ決まっておりませんわ。私には男兄弟がおりませんし、昨年までお願いしておりました従兄弟《いとこ》は先月婚約《こんやく》されましたので……」

リリアーナはもちろんのこと、エリザベスにも幼なじみの婚約者がいるが、クロエには決まった婚約者がまだいない。

そんな絶賛婚活《こんかつ》中のクロエのターゲットは、ウィリアムの幼なじみ兼《けん》部下のダニエルなのだ。

リリアーナとてなるべく早く紹介《しょうかい》の場を設けようと思ってはいるのだが、いかんせん彼が多忙《たぼう》のためになかなか話は進んでいない。

それに生誕祭のパーティーでは、ダニエルは警備に就《つ》くと聞いている。どちらにしても今回のパーティーで彼がクロエのパートナーを務めるのは無理だろう。

パーティーには国内のほぼ全ての貴族が招待されている。

婚約者のいる者や兄弟のいる者はいいが、そのどちらもいない者は即席《そくせき》パートナーを探さねばならないのである。

身近にそういった都合の良い者がいればいいのだが、そうでない者は大変なのだ。

エリザベスは一人娘《ひとりむすめ》で、リリアーナの兄と弟はどちらにも婚約者はいないのだけれど。

令嬢《れいじょう》達からの人気が高すぎて、エスコートなど頼もうものならば、その後の嫉妬《しっと》が恐《おそ》ろしいことになるだろう。どうしたものかと頭を悩《なや》ませていると、

「俺がエスコートしようか？」

クリスは最後のデザートであるプリンを食べ終えたところで満足げな顔をし、片手を挙げてそう言った。

「クリス様がエスコート、ですか？」

「ああ。他国だけどこれでも一応侯爵家《こうしゃくけ》だからな。俺にも招待状は来てるからエスコートするのは可能だけど、どうする？」

三人は突然《とつぜん》のエスコートの話に驚きはしたものの。

それ以上に驚いたのは、クリスが『侯爵家』子息であるということだ。

三人とも、クリスの気安い態度からてっきり子爵家《ししゃくけ》か男爵家《だんしゃくけ》辺りだと、勝手に思い込

んでいたのだ。

学園では年に数人だけ留学生を受け入れているが、その多くは下位貴族の子息である。

高位貴族の子息のほとんどは自国のトップアカデミーに通うのが普通《ふつう》であり、クリスのように侯爵子息が国外の学園へ留学するのは滅多《めった》にないことなのだ。

そして残念なことに、そのほとんどの留学生は他国で羽を伸《の》ばすことを目的としており、真面目に他国の経営や、言語などを学ぶために留学してくる者は少ない。

そういった状況《じょうきょう》から、リリアーナ達が勘違《かんちが》いをしていたとしても仕方がないのだ。

とはいえ、飛んで火に入る夏の虫……ではなく、これは願ってもないことである。

顔も名前も知らないような遠い親戚《しんせき》などよりも、友人となったクリスにエスコートしてもらう方が、はるかにいいに決まっている。

「いいんじゃない？　クリス様ならヘタな奴《やつ》よりよっぽど安心して任せられると思うけど。クーはどう？」

エリザベスに同意するように、リリアーナとクロエは首を縦に振る。

「その、もし出来るのであれば、お願いしたいです」

「出来るならって、出来るからそう言ってるのに」

クリスはハハハと笑ったが、クロエは心配そうに眉尻を下げる。

「ですが、クリス様には婚約者様はいらっしゃらないのですか？　もしいらっしゃるのであれば、その方はあまり良い気分ではないと思いますし……」

言われてみれば、学園で時々ランチをするようにはなったけれど、クリスとは今までそういった話をしたことがなかったように思う。

改めて振り返ると、東国の話は色々してくれるけれど、自身の話はあまりしていない。

「心配しないでも大丈夫だから」

クリスが笑顔で言い切り、クロエは安心したように胸に手を当て、頭を下げた。

「では、よろしくお願いします」

リリアーナもエリザベスも自分のことのように心配していたため、これで一安心と皆でホッとひと息つく。

「それにしても、クリス様は侯爵家のご子息でしたのね」

「あ、それ私も思った」

リリアーナとエリザベスに同意するように、クロエは控《ひか》えめに頷《うなず》いている。

「ミステリアスな方が魅力《みりょく》的だろ？」

少しおどけて言うクリスに皆が笑った。

「ねえねえ、聞いていい？　クリス様って、なぜ留学することにしたの？」

「それもう聞いちゃってるからな？」

クリスは遠慮なくグイグイ質問してくるエリザベスに苦笑する。

「ま、いいけど、笑うなよ？」

クリス以外の三人が仲良く頷いた。

「嫁《よめ》探し」

「「「……」」」

衝撃《しょうげき》の答えに言葉が続かない。

まさかそんな理由ではるばる遠いザヴァンニ王国まで来たと言われるとは。

「仲良く付き合える友人という話は？」

性別関係なく仲良くなれたと思ったのに、まさか騙《だま》したんじゃないでしょうねと言わんばかりの目で見るエリザベスに、クリスが慌《あわ》てて否定する。

「いやいやいや、君達はあくまでも友人枠《わく》だからな？　せっかく出来た友人をなくすのは嫌《いや》だからな？　こんなんで友人を辞《や》めるとか言わないでくれよ？」

その必死さにエリザベスはただの勘違いだったかと納得《なっとく》したようである。

「嫁探しにしても随分《ずいぶん》と遠くに留学先を決めたのはなんで？」

何といっても馬車で二十日の距離である。

わざわざ遠いザヴァンニ王国を選ばずとも、もっと近場でもよかったのではないか。

そんな疑問が浮かぶのは当然のことだろう。

「ん〜、どうせ留学するなら行ったことのない国にしたかったんだよ。近場の国なら留学以外にも行く機会があるかもだけど、遠い国となるとそうそう簡単には行けないだろ？　だからこそ、今しかないと思って」

新婚《しんこん》旅行などで少し遠出をすることはあるが、それでも長くてひと月。

ザヴァンニ王国と東国では、往復するにも日程が足りないほどである。

「それもそうね」

エリザベスはそう言いながら、呼《よ》び鈴《りん》を鳴らして紅茶の追加をお願いしている。

「自国内でお相手を探そうとは思いませんでしたの？　……私は紅茶とモンブランをお願いしますわ」

「う〜ん、全ての令嬢がそうとは言わないけど、東国の女性は贅沢《ぜいたく》慣れしすぎているのがちょっとな。あ、俺は紅茶とアップルパイ追加で」

まだ食べるのかといった驚きの視線がリリアーナとクリスに向けられるが、本人達は全く気にしていないようである。クロエはさりげなく紅茶の追加をしていた。

追加注文を受け終えた店員が、テーブルの上にあった大量の空き皿を重そうに抱えていく。

「その贅沢慣れとは、どれほどですの？」

リリアーナは東国女性がどんな生活をしているのか、興味を持った。

「ん？　ああ。東国の女性はとにかく派手に着飾《きかざ》るのが大好きなんだよ。けどそれには理由があるんだ。東国は他国に比べて男尊女卑《だんそんじょひ》が酷《ひど》くてね。女は着飾ってお茶会とパーティーで人脈を作っていればいいとか本気で思っている者がまだまだ多くてさ。だから女性側も、言う通りに着飾って人脈作りをしているのだから、ドレスも宝石も男性側がもっと良いものを用意するべきだっていう態度でね……」

ザヴァンニ王国にも残念ながら男女の差別はあるが、東国はどうやらそれ以上らしい。口には出さないが、思わずザヴァンニ王国の貴族令嬢でよかったと思うリリアーナ、エリザベス、クロエの三人。

「まさかクリス様もそんな風に思ってるとかないわよね？」

エリザベスは思わず冷ややかな視線を向ける。

「ないない、ないからその目はやめてくれ」

「ふ～ん、それで？」

「それでって？」

「クリス様は嫁探しにわざわざこの国まで来たんでしょ？　いい人は見つかりそうなの？」

「う～ん、まだ見つかってはいないな。成金国《なりきんこく》のイメージが強すぎるからか、遠すぎるからか、はたまた俺に魅力がないのか」

自虐《じぎゃく》的に笑いを取ろうとしたクリスだったが、思い切りスルーされて誰も笑わない。

「そもそもクリス様の理想って、どんな方ですの？」

そしてマイペースに質問するリリアーナ。

「理想？　理想か。……う～ん、容姿は良いに越《こ》したことはないけど。それよりも一緒にいて苦にならなくて、楽しくて、尊敬出来て互《たが》いに支え合える相手であればいいと思う」

「意外にまともな答えでびっくりした」

エリザベスの言葉にウンウンと頷くリリアーナとクロエの二人。

「なんでだよ」

「だって、クロエの理想の人は筋肉だもんね」

「ええ～!?」

驚きの表情を浮かべるクリスの正面で、クロエは恥ずかしそうに頬に手を当てている。

「え～と、騎士《きし》が好きとかではなくて？」

騎士の鍛《きた》え上げられた体に騎士服を着用すれば、五割増で素敵《すてき》に見えるなんて女性もいるらしいので、騎士好きの間違《まちが》いではないかと思ったのだろう。だがしかし。

クロエの理想は細マッチョではなくゴリマッチョ。

以前騎士科の生徒達の筋肉を、脆弱《ぜいじゃく》な筋肉と言い切ったクロエなのだ。生粋《きっすい》の筋肉好きである。

「違いますわ。クロエの理想は『ゴリッゴリの筋肉』ですの」

「リリ様、そんな、ゴリゴリの筋肉だなんて……大好物ですわ」

クロエは頬に手を当てたまま体をクネクネしており、クリスはドン引きしている。

「あ～、うん。了解《りょうかい》。とりあえず、今回のエスコートは俺がするから。細かいことは近くなったらまた決めようか。うん」

とりあえずこの会話はこれで終了《しゅうりょう》ということだろう。

儚《はかな》い雰囲気《ふんいき》美人なクロエが、実はゴリゴリの筋肉好きというのは、やはりクリスにとってというより、男性にとってはショックなことなのかもしれない。

クリスの貴族令息らしい細身の体を前に、負けるな！　の気持ちを込めてリリアーナが生暖かい目を向けると、クリスに睨《にら》まれた。

（なぜですの⁉）

国王陛下生誕祭、当日。

「お嬢様《じょうさま》、おはようございます！」

モリーが大きな声で言いながら、カーテンをシャーッと開ける。

モゾモゾと布団《ふとん》から少しだけ頭を出したリリアーナが恨《うら》めしそうな視線を向けた。

「モリー……眩《まぶ》しいですわ」

「そりゃ朝ですからね。今日は生誕祭のパーティーがありますから、チャッチャと起きてお支度致《したくいた》しますよ？」

その言葉にリリアーナは慌てて飛び起きた。

「お嬢様、変わりませんねぇ」

いつぞやもそんな風だったなと、モリーは苦笑を浮かべつつベッドからシーツを引っぺがす。

「お嬢様、今のうちに顔を洗ってきてくださいね。本日の朝食は、お嬢様の好きな黒トリュフのスクランブルエッグだそうですよ？」

「今すぐ洗ってきますわ！」

リリアーナはご機嫌に鼻歌を歌いながら、洗面所に吸い込まれるように入っていった。

リリアーナの扱《あつか》いに関しては、モリーの右に出るものはいないだろう。

着替《きが》えを手伝ってもらい、鏡台の前へ移動する。

緩《ゆる》くウェーブを描《えが》く明るめの茶色い髪《かみ》に、優《やさ》しく櫛《くし》を通していく。

「朝食を召《め》し上がった後はいつものように入浴と全身マッサージ、ネイルにヘアメイクとコルセット着用が続きます。パーティー会場は王宮内ですから、馬車での移動がない分ゆっくり出来てよかったですね」

「そうね。コルセットのことは置いておいて、馬車に乗らずにすむのはありがたいわ」

皺《しわ》にならないように気を付けて座らなければならないし、何よりエスコートしてくれる相手の前でだらけて座るわけにはいかないので、揺《ゆ》れる馬車の中でピンと背筋を伸ばさなければならないのが辛《つら》いのだ。

「では朝食をお持ちしますので、そちらに掛けてお待ちくださいね」


ご機嫌に朝食を済ませ、頭のてっぺんから足の先まで余すことなく洗われた後、全身マッサージを施《ほどこ》される。

「お嬢様、よだれが……」

うつ伏《ぶ》せの状態で顔を横に向けてウットリとしていると、モリーがコソッと注意してくれる。

「はぁ。もういっそこのままパーティーに出ないで……」

「ダメです！」

「……はい」

至福のマッサージ時間を終えると、次はネイルである。

途中《とちゅう》、片手でつまめる簡単な昼食を頂き、鏡のある前方を除いた後方一八〇度を使用人達に囲まれながら、ヘアメイクを施されていく。

そして、最大の難関である『コルセット』。

それを目にしたリリアーナの眉間《みけん》には物凄《ものすご》い皺が寄っている。

「お嬢様？　メイクにヒビが入りますから、その顔はおやめください」

「え？　そんなに厚塗《あつぬ》りしてますの⁉」

「いえ、気持ちの問題です」

「……」

ここからは、リリアーナの忍耐力《にんたいりょく》と使用人二人の努力の時間が続く。

二時間程の時間を掛けて完成した土台に、ディテールにこだわったビーディングや金刺繍《ししゅう》の、溜息《ためいき》が出るほどに美しいドレスを纏《まと》わせていく。

まさに気品の中に、女性の可愛らしさを感じさせるデザインである。

ウィリアムの瞳《ひとみ》の色であるタンザナイトとダイヤのちりばめられたネックレスとイヤリングをつけ、ようやく完成した姿に使用人一同感激で瞳を潤《うる》ませ、

「素晴《すば》らしいですわ！」

「とてもお似合いです」

口々に褒《ほ》め称《たた》える。

鏡の中のリリアーナは多少コンパクトではあるが、どこからどう見ても気品溢《あふ》れる立派な淑女《しゅくじょ》である。

「ありがとう。あなた達のお陰《かげ》よ？」

笑顔で労《ねぎら》いの言葉を贈《おく》っていると、ドアをノックする音と共に燕尾服《えんびふく》に身を包んだウィリアムが部屋へと入ってきた。

「リリー！　ああ、なんて綺麗《きれい》なんだ！」

リリアーナの姿をひと目見るなり抱《だ》き締《し》めようと手を伸ばすウィリアムに、既《すんで》のところでダニエルがスパーンと頭を叩《はた》いて止める。

「お前な、見境なく跳びつくんじゃない！　女性のドレスは皺がついたりすると、俺ら男と違って大変なんだぞ？」

ダニエルの言葉に使用人一同が一斉《いっせい》に首を縦に振った。

リリアーナはその様子にクスクスと笑って、ソファーへ案内する。

「ウィルも素敵ですわ。パーティーまでは少し時間がありますから、そちらに掛けていてくださいませ」

リリアーナはウィリアムの隣《となり》に腰掛《こしか》けようとしたが、使用人一同の目がいっぱいに見開かれていることに気付く。

ドレスが皺にならないように、使用人達の視線に従って最大限の注意を払《はら》い、ゆっくり、ゆっくり、腰を下ろしていくのだった。

特別な空間にふさわしい至高の輝《かがや》きと言える、等間隔《とうかんかく》に並ぶキラキラと眩《まばゆ》い光を反射させるシャンデリア。

磨《みが》き上げられた大理石の床《ゆか》。

相も変わらず見事なまでに贅《ぜい》を尽《つ》くした空間である。

そしてザヴァンニ王国のほぼ全ての貴族が集まるこの空間は、色とりどりの衣装《いしょう》を纏う淑女達によって煌《きら》めいている。

「目がショボショボしますわ……」

人前に一歩出れば完璧《かんぺき》な淑女に擬態《ぎたい》するリリアーナであるが、本音はとても疲《つか》れるのでパーティーに出なくてすむのであれば出たくないと思っている。

だが王太子殿下《でんか》の婚約者という立場でありそれは許されないため、完璧な笑顔を貼《は》り付けて扇《おうぎ》で口元を隠《かく》し、誰にも聞かれないように小さく愚痴《ぐち》るのだ。

とはいえ、ウィリアムには分かっているのか、リリアーナの耳元に唇《くちびる》を寄せて甘く囁《ささや》く。

「今日も別室に取り置きをお願いしてあるからな。終わったら一緒に食べよう」

リリアーナは溢れるような笑みを浮かべ、ウィリアムもそんなリリアーナが可愛くて仕方がないといった、優しい笑みを浮かべている。

年頃《としごろ》の娘を持つ者の中にはいまだ娘を王太子の側妃《そくひ》、あるいは愛妾《あいしょう》になどと目論《もくろ》む者もいたが、仲睦《むつ》まじい二人を目《ま》の当たりにし、ターゲットを婚約者のいないホセ殿下一本に絞《しぼ》るのだった。

「リリアーナ嬢、私めと踊《おど》って頂けますか？」

おどけたようにウィリアムは片膝《かたひざ》をつき、リリアーナの手をとるとその指先に口付ける。

「喜んで」

たとえどのような場所であっても、少しでも二人で楽しい時間を過ごせればいい。

そんな風に思わせてくれるウィリアムに感謝の気持ちが溢れてくる。

音楽に合わせ、二人はまるで羽が生えているかのように踊りだした。

ゆったりとした曲に合わせるように、ドレスの繊細なビーディングと金刺繍がふわりと泳ぐように揺れ、数多《あまた》の視線を集めていく。

「リリーとなら苦痛で仕方がなかったはずのダンスも、何曲踊っても楽しいと思えるから不思議だな」

周囲の人に聞かれぬよう耳元でそっと囁くように言われ、リリアーナは顔を朱《あか》く染める。

「そういう可愛い顔は他の者に見せたくないんだが？」

腰に回す手に、わずかにだが力が込められる。

「だ、誰のせいだと……」

リリアーナがキッと睨むも、瞳は羞恥《しゅうち》に潤んでいるために全く迫力《はくりょく》がない。

「ああ、もう……。リリーはどこまで私に惚《ほ》れさせれば気が済むんだい？」

「へぇ！」

口をパクパク開いては閉じてを繰《く》り返し、動揺《どうよう》からステップを踏《ふ》み間違えてバランスを崩しそうになるのをウィリアムが危なげなくフォローする。

どこまでもマイペースに羞恥を煽《あお》るウィリアムに、『平常心、平常心』と心の中で唱えていれば、先程よりもほんの少しだけテンポの速い曲に変わった。

この曲はリリアーナがウィリアムと初めて踊った曲だった。

「この曲……」

ウィリアムも覚えていてくれたようである。

「初めて一緒に踊った曲ですわね」

「懐《なつ》かしいな」

あの頃のリリアーナは、面倒《めんどう》くさいであろう王太子妃《ひ》の座から逃《のが》れるため、何とかして婚約を解消しようとしていたのだ。

「ふふふっ」

「リリー？」

いきなり笑いだしたリリアーナに、ウィリアムは訝《いぶか》しげな顔をする。

「いえ、少し思い出してしまいましたの」

リリアーナは淑女の仮面を被《かぶ》りながらもイタズラっぽい瞳を向ける。

「ウィルはダンスの練習を、ダニエルとされていたのでしょう？」

「なっ⁉　ダニーが言ったのか？」

「うふふ、秘密ですわ」

今度はウィリアムが口をパクパク開いては閉じてを繰り返す。

本当はモリーと、ウィリアムはいつダンスの練習をしているのかという話になり、講師を招くこともなくパーティー前になるとダニエルと二人で部屋に籠《こ》もることが多くなるため、もしかしたら……と冗談《じょうだん》半分で話していたことだったのだが。

まさか本当に当たるとは思っていなかった。

ウィリアムのための練習となると、女性パートはゴリゴリマッチョなダニエルが担当しているわけで、どんな顔で練習に励《はげ》んでいるかを想像して顔がにやけそうになるのを必死でこらえる。

いつもウィリアムにばかり動揺させられていたが、今回は自分がウィリアムを動揺させたことにもご機嫌なリリアーナであった。

曲が終わり、誰もが見とれるカーテシーで挨拶《あいさつ》をすると、二人は手をとりダンスを楽しむ人達の邪魔《じゃま》にならぬよう、会場の隅《すみ》へと歩きだした。

途端《とたん》に二人の周囲には挨拶をと、たくさんの貴族に囲まれる。

初めは二人で挨拶をしていたのだが、気付けばウィリアムと離れるようにして別々に人集《ひとだか》りの中心になっていた。

仕方なく淑女の仮面を貼り付けたまま、挨拶を交《か》わしていく。

もう何度そのやり取りを繰り返したのか分からなくなった頃、

「リリ様」

声を掛けられて振り向けば、そこには淡《あわ》いブルーのシンプルだがセンスの良いAラインドレスに身を包んだクロエと、黒の燕尾服によりいつもより大人びたクリスがいた。

「まぁ、クーにクリス様。ちゃんとエスコートして頂いてますのね」

「何だよ、信用ねぇな」

クリスは面白《おもしろ》くなさそうに、わざとらしい渋面《じゅうめん》を作ってみせる。

そんな気安い空気に、リリアーナの淑女の笑顔が自然の笑顔に変わる。

「ふふふ、冗談ですわ。ところでエリー達にはもうお会いになりまして？　探してはおりますが、これだけ大勢の方がいらっしゃると見つけるのが大変で……」

リリアーナは周辺に視線を向けるも、右も左もダンスホールも、人・人・人。

このような中から誰かを見つけるのは、事前にどの辺りにいるかを決めておかねば難しいだろう。

「いや、俺達もまだだ。なあ？」

「ええ。エリー様にはまだ会えておりませんが、クリス様はすごいですのよ？　人集りが出来ているところを探せばリリ様はすぐ見つかると仰《おっしゃ》って。その通り探しておりましたら、すぐリリ様にお会い出来ましたわ」

「まあ」

リリアーナとクロエが「うふふ」と笑い合う横でクリスがキョロキョロと何かを探すような仕草をしている。

「なあ、婚約者はどうした？」

「ウィルならあの辺りの中心にいるはずですわ」

リリアーナの視線の先には、ウィリアムの頭が人の波の中からぴょこんと出ている。

「あ～、あれは大変そうだ」

クリスは何とも気の毒そうにその頭を見ている。

少しでも長く話そうとする相手が次々と現れるため、大変なのだ。

「クー達はもうダンスはされましたの？」

「いえ、流石《さすが》にあの中に入って踊るのはちょっと……」

「まあ、そうですわね」

リリアーナはクロエがダンスがとても上手なことを知っているので聞いてみたのだが、ダンスホールへ目を向けると先程と変わらず人で溢れている。

これではのびのびと楽しく踊るのは難しいだろう。

「リリアーナ嬢は……もう踊ってるよな」

「ええ、先程ウィルと二曲踊らせて頂きましたわ」

「そうか。じゃあここは人が多いから、隅でゆっくり座って話せば？　リリアーナ嬢も挨拶はひと段落ついたみたいだし」

クリスが気を利《き》かせて、隅に並べられている椅子《いす》を親指で指している。

「そうですね。喉《のど》も渇《かわ》きましたし、少し休憩《きゅうけい》致しましょうか」

チラッとウィリアムの方へ視線を向けるも、彼はまだ大勢の方に囲まれており、もうしばらくはあの人集りから抜《ぬ》け出すのは無理であろう。

リリアーナは仕方ないとばかりに小さく息を吐《は》くと、クロエとクリスの三人で壁側《かべがわ》へと向かった。途中、使用人の配るシャンパンを受け取りながら。

壁際《かべぎわ》へ到着《とうちゃく》すると、リリアーナとクロエは隣同士に腰掛けたが、クリスは二人の前で立ったままでいる。

「クリス様？　お座りになりませんの？」

「ああ、俺のことは気にしないでくれ。それにこの方がエリザベス嬢も探しやすいだろ？」

「まぁ！　クリス様がとても紳士《しんし》に見えますわ」

「いや、紳士だから」

学園にいる時のように楽しい気持ちになり、思わず声を上げて笑いそうになるのをこらえる。

これだけの人の集まる場所なのだ。どこで誰が見聞きしているか分からない。

落ち着くために一呼吸してから、淑女らしい会話を始める。

「クリス様、ザヴァンニ王国《他国》のパーティーはどうですか？　楽しんでおられますか？」

「ん〜？　貴族のパーティーなんて、どこも変わらないな。まあ、女性のドレスはザヴァンニ王国《ここ》の方が落ち着いていていいと思うけど」

クリスの台詞《せりふ》にリリアーナとクロエが驚く。

基本リリアーナもクロエもあまり派手すぎるものは好まないが、ザヴァンニ王国の淑女の間でも、派手に着飾ることが好きな者は多い。

現に今近くにいる令嬢達のドレスも十分に派手だと思うのだが、クリスの目には落ち着いて見えるらしい。

「東国のドレスとは一体どんなドレスなんですの？」

東国の女性が贅沢慣れしているという話はクリスに聞いていたが、今の話を聞き、一体どれほどの派手さであるのか、少しばかり興味を持つ。

「あ〜、それ聞いちゃう？」

何だか嫌そうな顔のクリスに、リリアーナはニヤリといった言葉がピッタリの笑みを浮かべる。

「ぜひとも、教えて頂きたいですわね」

クロエも興味を持ったのか、リリアーナの横で楽しそうに頷いている。

クリスは仕方ないなぁ、といった風に話しだした。

「まずドレスの色だけど、金・銀、他には原色のとにかく目立つ色だろ？　形はもう絶対に踊れねえだろっていうツッコミを入れたくなるほどにスカート部分を膨《ふく》らませたドレスとかさ。髪だって誰よりも目立つようにとか言ってつばのデカい帽子《ぼうし》の形や船の形に結《ゆ》い上げたり、頭よりデカい造花の髪飾《かみかざ》りをつけたり……。もうさ、みんなどこに向かってんのって感じだよ」

最後には遠くを見る目で呟《つぶや》いたクリス。

「それは……。クリス様が嫁探ししたくなる気持ちがよく分かりましたわ」

リリアーナとクロエはクリスに憐憫《れんびん》の眼差《まなざ》しを送る。

想像以上だったというか、そんな想像を出来る者は多分ザヴァンニ王国《こ》にはいないだろうと思わせるほどのものであり、とにかく衝撃を受けた。

憔悴《しょうすい》したような状態のクリスには言えないが、船の形に結い上げた髪とは一体どんなものなのだろうか。見てみたいとリリアーナは思う。

そしてふと思ったのは、もし嫁を見つけて連れ帰ったとして、だ。

その嫁が東国に染まってしまったら、どうするのだろうか。

そうなっては嫁探しの意味がないのではないか？

（染まらない嫁が見つかるといいですわね）

思わず心の中で祈《いの》るリリアーナである。

「今日はもう嫁探しする気力はないけどな」

乾《かわ》いた『ハハ……』という笑いに、リリアーナは慌てて話題を変えた。

「クリス様、お腹《なか》は空いていませんか？　王宮の料理はとても美味しいんですのよ？　よろしければそちらも堪能なさってくださいませね」

「……そうだな。せっかくだし、この国の王宮料理を堪能させてもらおうか」

三人の視線が料理の並べられたスペースへと向けられ、リリアーナとクロエはゆっくりと立ち上がると、クリスに続いてそちらへ移動する。

「リリー？」

ブッフェの手前でウィリアムに声を掛けられた。

どうやら挨拶が終わり、リリアーナを探してくれていたようである。

「なかなか人が途《と》切《ぎ》れなくてな。一人にして悪かった」

「いいえ、こうして友人に会えましたから、一人ではありませんでしたわ」

リリアーナが笑顔を見せながら視線をクロエとクリスに向けた。

「そちらは？」

ウィリアムはリリアーナの横で立ち止まると腰に手を回し、クリスへと視線を向けた。

「ご挨拶が遅《おく》れました。私は東国から留学して参りました、クリス・イェルタンと申します。お見知りおきを」

「ああ、君が……」

一瞬ウィリアムの鋭《するど》い視線がクリスに向けられた気がしたが、瞬《まばた》き一回程の時間の後には普段《ふだん》のウィリアムに戻っており、リリアーナは気のせいかと首をひねる。

「ウィリアム・ザヴァンニだ。君のことはリリアーナから聞いている。とても仲良くしてもらっているらしいね。せっかく遠い東国から我が国に来られたんだ。ぜひ留学期間を楽しんでほしい」

リリアーナの腰に添《そ》えられた手に力が込められたことに気付き、ウィリアムの顔を見上げるが特におかしな感じはしなかったため、これも気のせいだとすぐに忘れてしまった。

「ありがとうございます」

クリスとの挨拶が済んだのを見計らって、リリアーナはウィリアムにクロエを紹介する。

「こちらは私の大切なお友達のクロエ・ゴードン子爵令嬢ですわ。例のダニエルの……」

「ああ、あなたが」

ウィリアムには少し前に、ゴリゴリの筋肉好きな友人がいるのでダニエルを紹介したいと伝えてあった。

「なるべく早く場を設けるつもりではあるのだが、なかなか時間がとれなくてな」

「いえ、お気遣《きづか》いありがとうございます」

和《なご》やかに挨拶を交わした後、ウィリアムはリリアーナに視線を向けてブッフェに視線を移し、またリリアーナに視線を戻す。

ブッフェスペースの前でリリアーナを見つけたため、どうやらお腹が空いて我慢《がまん》出来なくなったと思ったらしい。

(どれだけ食《く》いしん坊《ぼう》だと思われてますの⁉)

リリアーナは慌てて否定した。

「私ではなくてですね、クリス様に王宮のブッフェを堪能して頂こうと思いまして……」

「ああ、そういうことか。学園生活だけでなく、王宮の料理も楽しんでいってくれ」

ウィリアムはクリスへそう言ってから、リリアーナの耳元に顔を寄せてコソッと囁く。

「リリー、大体の挨拶も終わったことだ。もう一度だけ踊ったらそろそろ下がって食事にしようか?」

いつも以上にウィリアムの顔が近くに感じて若干《じゃっかん》恥ずかしく思いながらも、リリアーナはとても嬉《うれ》しそうに「はい!」と良い返事を返す。

「実はブッフェにパイの包み焼きがあるのを目にしましたの。楽しみですわ！」

クロエ達と別れホールの中央へと向かい、ウィリアムだけに聞こえるように話しながらご機嫌にダンスのステップを踏むリリアーナに、目尻《めじり》を下げて可愛くて仕方がないといった笑みを浮かべる。

女性嫌《ぎら》いで頑《かたく》なにダンスを拒否《きょひ》していたウィリアムが、本日だけで三曲も踊っているのだ。

高位貴族であれば、何度か王太子であるウィリアムと婚約者のリリアーナがパーティーに出席するところを目にする機会はあっただろう。

だが下位貴族の者は、なかなか王族や高位貴族の参加するパーティーに出席する機会などないのだ。

二人の仲睦まじい噂《うわさ》を耳にすることはあっても、直接目にするのは初めてという者も多いはずだ。

そういった者達の視線を受けながら、ダンスを終えた二人は楽しそうに会話しながらホールを後にした。

しかし、時折ウィリアムが浮かない表情をしていることに、リリアーナは気付かないでいた。

第3章　呪われた留学生!?

「そういえば私、ウシノコクマイリを見てしまったかもしれませんわ」

いつものように四阿《あずまや》でランチが運ばれてくるのをリリアーナにエリザベスとクロエ、すっかり馴染《なじ》んだクリスが待っていたその時。

リリアーナの突然《とつぜん》の言葉に、それまで笑顔《えがお》で話していたはずの面々の動きが一瞬《いっしゅん》にして固まった。

「え？　リリ、何言ってんの？」

「どこで？　ていうか、そんな時間に何してたんだよ」

「ウシノコクマイリ、ですか？」

エリザベスは呆《あき》れたように、クリスは面白《おもしろ》そうに、そしてクロエは不思議そうな顔で、まさに三者三様の反応である。

「ああ、君達には話してなかったよね？　東国に伝わる呪《のろ》い『ウシノコクマイリ』のこと」

クリスはエリザベス達に簡単に『ウシノコクマイリ』について説明した。

「夜中に打ち付けているところを見たわけではありませんのよ？　打ち付けてあるものを見つけてしまったかもしれませんの」

リリアーナ以外の三人が顔を見合わせる。

「昨日、ランチの前に図書室へ寄って本を借りましたでしょう？」

「そういえば……」

王宮には学園の図書室以上の数の蔵書があるが、初級向けのものは少なく、中級以上向けというか小難しいものが多いのである。

リリアーナは専門的な本やマイナーなジャンルのものが必要な時は王宮の図書室を利用するが、そうでない時は学園の図書室を利用していた。

「テーブル下に本を置いたまま忘れて教室に戻《もど》ってしまったのを、帰る時に思い出しましたの。取りに行く途中《とちゅう》にソレを見つけてしまったのですわ」

ランチに利用しているこの四阿のテーブル下には、ちょっとした棚《たな》のようなものがあり、食事中の間だけのつもりで本を置いたことをすっかり忘れてしまったのだ。

「取りに行く途中ってことは、学園の中ってこと？」

「ええ。学園の中ですわ」

皆《みな》の目がクリスへと向けられる。

「まさかクリス様じゃないよね？」

「俺じゃないぞ⁉」

「うん。ちょっと言ってみただけ」

エリザベスはクリスをからかった後、リリアーナに視線を向ける。

「見つけたかもしれないってことは、そうじゃない可能性もあるってこと？」

リリアーナは頷《うなず》く。

「流石《さすが》に一人でそれを確認《かくにん》する勇気はありませんので、ランチの時に皆に話をしようと思っておりましたの」

「じゃあ、まだちゃんと確認はしていないのね？」

「ええ」

ウシノコクマイリといえば、人形《ひとがた》に杭《くい》を打ち込んで相手を呪うものだ。

もし本物であった場合、見た目的にもあまり気持ちの良いものではないだろうが、リリアーナが見たかもしれないと言う以上、放置しておくわけにはいかないだろう。

「とりあえず、後で確認しに行かない？」

「そうだな。違《ちが》ったらただの笑い話ですむしな」

「笑い話にしますのね……。場所はすぐそこですから、今すぐ確認出来ますわよ？」

言いながら指差したのは、裏庭の四阿とは反対側の端《はし》の方である。

「ええ？　そんな近くに？」

リリアーナは頷くと徐《おもむろ》に立ち上がり、人形があるだろう場所まで歩きだした。

残された三人は顔を見合わせた後、すぐさま立ち上がり後についていく。

皆で恐《おそ》る恐《おそ》るのぞき込むと、木の幹に何本もの杭が突《つ》き刺《さ》さっている人形のようなものがあった。

「うわぁ……。本当にあった」

クリスの顔が引《ひ》き攣《つ》っている。

その横で想像以上に不吉《ふきつ》な見た目のソレに慄《おのの》きつつ、エリザベスが確認してくる。

「ねえ、コレがさっき言ってた『ウシノコクマイリ』とかいうやつ？」

「うん、そう。しかもこれ、杭が六本刺さってる。もし本気なら、あと一回で成就《じょうじゅ》するはずのヤバいやつ。これ放置してたらまずいよな？」

四人は人形を見つめてしばし無言になる。

「リリアーナ嬢《じょう》……」

「どうしてそのような目で見るんですの？　私はたまたま見つけただけですわ！」

「いや、何となく面倒《めんどう》なものを見つけたり拾ったりしてそうだな、と」

「うん、否定は出来ないかな？」

「エリーまで。そこはすっきりキッパリ否定してくださいませ！」

ムッと頬《ほお》を膨《ふく》らませる姿はとても幼く見えて可愛《かわい》らしいが、本人はいたく気にしているので誰《だれ》も口にはしない。

「それにしても。ウシノコクマイリなんて、東国でも昔話的な感じで詳《くわ》しくは知らない者がほとんどだというのに、何て言うか、まさかこれだけ離《はな》れた国でお目にかかるとは思わなかったな……」

実際目にすることなどクリスは一生ないと思っていたのだ。

「でも、これ。誰を呪った人形なんだろう？」

エリザベスがポツリと疑問を口にすると、クリスはニヤリと笑いながらソレに手を伸《の》ばす。

「ちょっと見てみるか」

「ちょ、やめときなよ。そんな気味の悪いもの」

ウシノコクマイリに関して書物などで知識として知っていたクリスは、正直呪いなどという迷信《めいしん》的なものは全く信用していなかった。

そんなクリスからしてみれば、目の前のソレは、ただの杭を打っただけの人形である。

クリスが杭を抜《ぬ》き始めるのをリリアーナ達は不安そうに見つめていたが、やがて全ての杭が抜かれると、今度は人形をひっくり返したりして調べ始めた。

「ん？　中に紙が入っているな」

人形から紙を抜き取ると、出てきたのは四つ折りの紙だった。

皆の視線が注がれる中、ゆっくりと紙を開くとそこには……。

「クリス・イェルタン……」

クリスの名が記された紙を、四人揃《そろ》ってただ呆然《ぼうぜん》と見つめる。

まさかの展開に誰も言葉を発することが出来なかった。

ランチを運ぶスタッフのワゴンが裏庭に入ってきたことに気付き、とりあえず四阿へ戻るが皆無言である。

ウシノコクマイリに本当に呪いの効果があるかは分からないが、それでもこうして実行に移すくらいの恨《うら》みをクリスに持つ者がいるのだという事実に皆がショックを受けていた。

配膳《はいぜん》を行うスタッフはテーブルの横にワゴンをつけると、黙々《もくもく》と作業を続けている。

この異様な雰囲気《ふんいき》とは真逆に、美味《おい》しそうな食事がテーブルの上を所狭《せま》しと彩《いろど》っていく。

配膳を終えると、食堂のスタッフは一礼してワゴンを押していった。

「えっと、せっかくの料理が冷めたら勿体《もったい》ないから、食べよっか」

エリザベスの言葉にクリスが力なく「そうだな」と返すが、やはりショックから抜け出せないようで、皿の上の料理はなかなか減らない。

サアッと柔《やわ》らかな風《ふ》が吹き、葉擦《はず》れの音が聞こえる。遠くで鳥の囀《さえず》りも。

いつもであれば食事を楽しむところであるが、誰もが沈痛《ちんつう》な面持《おもも》ちで頂く食事は、何だかいつものように美味しいと思えない。

そんな暗い雰囲気の中での食事に耐《た》えられず、最初に音《ね》を上げたのはやはりというか、エリザベスだった。

「あ〜、もう。こういう暗いのって耐えられないから聞いちゃうけど、クリスは誰かの恨みを買ってる覚えはあるの？」

情け容赦《ようしゃ》のないド直球である。

ふとクリスの前に置かれたお皿を見ると、可哀想《かわいそう》なくらいに細切れにされた、ステーキだったものが乗っている。

それが今のクリスの心情を物語っているように見える。

「う〜ん。知っての通り、俺にはまだ恨みを買うほどに親しくなった奴《やつ》はこの国でいないはずなんだよな。けど、自分が気付かないうちに誰かに恨まれるような何かをした可能性も絶対ないとは言い切れない……」

クリスはハァァと大きく息を吐《は》いた。

「ではザヴァンニ王国ではなく、東国の方ではどうですの？」

何気にしっかりとランチをお腹《なか》に収めたリリアーナは、ナプキンで口を拭《ぬぐ》ってそう言った。

「え？」

「ウシノコクマイリの作法を知っている方はザヴァンニ王国にはほとんどおられないと思いますわ。ならば、その作法を知っている東国の誰かが行ったと思う方が自然じゃありませんか？」

言われてみれば確かにそうだ。

だが、わざわざ二十日も掛《か》けてウシノコクマイリのためにザヴァンニ王国まで来るだろうか？　ウシノコクマイリは遠隔《えんかく》からでも可能なはずだから東国で実行すればよいのでは……？

クリスの顔にそう書いてある。

「ウシノコクマイリのためだけに我が国へ来たのではなく、この国へ来てから思い立ってウシノコクマイリを行ったとか」

そう説明すると、リリアーナは食後の紅茶で喉《のど》を潤《うるお》すべくカップに口を付ける。

話を聞いていたエリザベスはフムと小さく頷いた。

「もしそうだとすると、クリス様に恨みを持った誰かが従者の中にいるか、別件でたまたまザヴァンニ王国に来ていてクリス様を見て恨みの気持ちが膨れ上がってとか？」

「呪ったヤツが従者の中にいるのは嫌《いや》だな。屋敷《やしき》の中でも安心出来ないってことだろ？」

「そうねぇ、信用出来る者以外には必要以上に近寄らない、近寄らせないを実行するしかないわね」

リリアーナはふと思い出して、カップをソーサーへ戻す。

「そういえば、途中で見つかった呪いは掛けた者に戻るのですよね？　だとすれば、クリス様への呪いは中断されたのではありませんの？」

「言われてみればそうね。まあ、誰かは分からないけど、今頃《いまごろ》その呪いが戻ってたら怖《こわ》いよね」

エリザベスの言葉にリリアーナとクロエが頷く。

「う～ん、俺は杭を打ち込んでるところを見つかったらだと解釈《かいしゃく》してたけど、こういった形でも見つかったことになるのか？　けどまぁ、留学先で呪われるなんて、思いもしなかったな……」

クリスは苦笑《くしょう》を浮《う》かべる。そんなクリスと違い、エリザベスは難しい顔をしていた。

「何にしても、クリス様を恨んでいる誰かがこの国内にいるということは確かだから、気を付けて」

「ああ、ありがとう」

お礼を言いながら力なく笑うクリスの顔色は、少し青みを帯びているように見えた。

夕食後の応接室で、いつものようにリリアーナはウィリアムの膝《ひざ》の上にいた。

最初は恥《は》ずかしがっていたリリアーナも、もう慣れっこである。

「実は、ウシノコクマイリに使われた呪いの人形を見つけましたの」

ウィリアムの眉《まゆ》がピクッと動く。

「それは前に東国の留学生から聞いたというやつか？」

「ええ。驚《おどろ》くことにその人形の中から、呪い相手の名前を書いた紙が出てきましたの。そこには『クリス・イェルタン』と書かれておりましたわ」

「リリー、お願いだから得体の知れないものには近付かないでくれ！　何かあったらどうするんだ⁉」

ウィリアムの腕《うで》に力がこもり、眉間《みけん》に皺《しわ》を寄せた怖い顔になっている。

本気で心配させてしまったのだと、少し申し訳ない気持ちになった。

「ご心配をお掛けして申し訳ありません。ですが、流石に私一人では見に行っておりませんわ。クリスとエリザベスとクロエにもついてきてもらいましたの」

一人では行っていないと伝えるも、まだウィリアムの眉間の皺は深く刻まれたままだ。

大事なことがちゃんと伝わっていないのだから仕方がないだろう。

ウィリアムは一人だろうが何人だろうが、危険な場所やものに近付いてほしくないと言っているのだから。

リリアーナは眉尻《まゆじり》を下げてシュンとする。

その姿にウィリアムは『しょうがないな』といった風に息を吐きながら、リリアーナの頭をクシャッと撫《な》でた。

「それで？　人形はどこにあった？」

ウィリアムの眉間の皺をチラッと確認しながらも、リリアーナは彼が話しかけてくれたことに安堵《あんど》の吐息《といき》を漏《も》らす。

「人形が見つかったのは学園の裏庭ですの。中に入ってしまえば夜中には警備の者以外おりませんから、見回り時間を避《さ》ければいつでも杭を打つことが可能ですわね」

ウィリアムは顎《あご》に手を当てて、何やら思案している。

「一番の問題は、クリスを呪うほどに恨んでいる者が近くにいるということだが。リリー達とランチしていた裏庭にそれがあったということは、『警告』として受け取れるな」

「警告、ですか？」

「ああ。お前の近くに恨みを持つ者がいる。お前はこれだけ恨まれている、といった感じだろうか。私はリリーの口から聞いたクリスの姿しか知らないから、今のところはこれくらいのことしか分からない。力になれなくて悪いな」

「いいえ、ありがとうございます」

誰かに恨まれているだなんて恐ろしい。自分がクリスの立場だったら……と考え、リリアーナは胸を痛めた。

するとウィリアムが言いづらそうに切り出す。

「リリー、こんなことは言いたくないのだが……。クリスと距離《きょり》を置いた方がいいのではないか？　近くにいたら、巻き込まれてしまうかもしれない」

「う〜ん。ですが、クリス様は何だかんだ言いながらもショックを受けておられたようなので、少し心配で……」

「人形が裏庭にあったということは、もしかしたらリリーと一緒《いっしょ》にいるところを見ているのかもしれない。ますますリリーが巻き込まれる可能性があるんだよ？」

「え！　エリーとクーも危険に晒《さら》されたら困りますわ」

「私はリリーが心配なのだが……。いや、とにかくもうクリスとは関わらない方がいい」

「う〜ん、そうかもしれませんが……」

煮《に》え切らない返事をするリリアーナを見て、ウィリアムは何か言おうとして口を閉じる。

そして一拍《いっぱく》置いてから、早口で話しだした。

「急ぎの仕事を思い出した。すまないが、今日はこれで執務室《しつむしつ》へ戻る」

まただ、とリリアーナは思う。

最近、ウィリアムの様子がおかしい気がするのだ。夕食後の語らいはあるが、今日のように仕事を理由にササッと切り上げてしまうことが増えていた。

「そう、ですか。……あの、無理しない程度に頑張《がんば》ってくださいませね」

弱々しくはあったが、何とか笑顔を浮かべてウィリアムを送り出すことが出来た。

パタンと扉《とびら》が閉じると同時に、リリアーナの口から大きな溜息《ためいき》が一つ。

何かウィリアムの機嫌《きげん》を損《そこ》ねるようなことをしてしまったのだろうか。

あるいはウィリアムの機嫌を損ねるような言葉を発してしまったのだろうか。

考えても考えても、分からない。そして分からない自分が嫌になるのだ。


「なぁ、またリリ様のことで悩《なや》んでるのか？　無意識みたいだけど、ウィル様さっきからずっと溜息ついてる」

ルークに声を掛けられて初めて、溜息ばかりをついている自分に気付く。

「それは……、すまないな。今後は気を付けよう」

ウィリアムが今いるのは『子ども達の家』である。

教室の隅《すみ》に腰《こし》を下ろし子ども達の様子を見ていたのだか、気付けば目の前にルークが来ており、「よいしょ」と隣《となり》に座った。

「まあ、俺はべつにいいんだけどさ。リリ様となんかあった？」

「いや、何かあったわけじゃないんだが……。って、こんな子どもにまで心配されるなんて、情けないいな」

「え？　ウィル様の情けないところなんてみんな見て知ってるし、今更《いまさら》じゃない？」

「……」

ウィリアムは反論出来ずに肩《かた》を落とす。

先日の公開告白は護衛の騎士《きし》だけでなく、子ども達にもしっかり見られていたのだ。

「リリーに男子留学生の友人が出来たんだ。最初は普通《ふつう》に話を聞いていたんだが、とても楽しそうに話すリリーを見ていると、まあ何だ、その……」

「嫉妬《しっと》したんだ？」

「うぐっ。……そうだな、その通りだ。ダニーからも、嫉妬も過ぎるとウザいと言われてな。だが、リリーの口から他の男を心配する言葉など、正直聞きたくもない！」

ウィリアムは自分が嫉妬深いということを、リリアーナに出会ってから嫌と言うほどに理解していた。だが、それでも止められないのだ。

「ふ～ん、それでどうしたらいいか分からなくなって、つい素っ気ない態度をとったりしてるんだ？」
「な、なんで知っているんだ！」
「だって、リリ様から聞いたし」
驚きに目を見開く。まさか自分と同じように、リリアーナがルークに相談をしていると
は思ってもみなかったのだから。
だが、そうなるとリリアーナがルークに何を言ったのか、物凄《ものすご》く気になるというもの。
「それで、リリーは何て？」
「ん～？　リリ様はウィル様がその留学生とかって人に嫉妬してるなんて、コレっぽっち
も気付いてないと思うよ？　ただ自分が何かしたか言うかして、ウィル様を怒《おこ》らせたんじ
ゃないかってシュンとしてた。俺はさ、リリ様にもウィル様にもスッゲー感謝してる。だ
からさ、二人がギクシャクしてるところは正直見たくないんだ」
こんな子どもに心配掛けていることに、ただただ申し訳なく思う。
「心配掛けて悪いな」
「ううん。だからさ、もういっそプレゼントでもして、さっさと謝っちゃえばいいじゃ
ん！　女は贈《おく》り物《もの》に弱いって言うしさ」
「……お前、本当に十歳か？」
呆れたようにルークを見れば、肩を竦《すく》ませておどけたように言う。

らう。

「一応十歳の子どもだけどね」

そんなウィリアムより余程《よほど》大人なルークに、情けないついでにもう少し相談に乗ってもらう。

「ひと口に贈り物と言っても、一体何を贈ればいいのか……」

「リリ様はお貴族様なのに、ドレスとか宝石にはあまり興味ねぇみたいだもんな。ほんと変わってるよな。まぁ、そういうタイプは金で何か買うよりも、手作りのものなんかを贈った方が喜ぶんじゃない？」

「手作りのものと言っても、何を作ればいいんだ？」

「え～？　そんなん知らねぇよ。自分で考えなよ」

ルークは気の毒なものを見るような目をウィリアムに向けた後、何かを思い出したように、

「あ、でも、この前シェリーに髪紐《かみひも》を作ってやったら、喜ばれた」

と言い、ウィリアムはそれを聞いてフム、と考える。

「髪紐か。髪紐はもう既《すで》に贈っているからな……。髪留めならどうだろう？」

「ウィル様、作ったことあんの？」

仮にも王太子殿下《でんか》である。髪留めを作ったことのある王族の方が珍《めずら》しい、というよりもいないのではないか。

「いや、ないな」

「ん〜、工房《こうぼう》に知り合いがいるから、聞いといてやろうか？」

「知り合い？」

「ああ。トマス先生の友達なんだけどさ。その伝《つて》で時々工房の掃除《そうじ》に行って、小遣《こづか》いをもらってるんだ。そこの職人達が髪飾《かみかざ》りとかブローチとかネックレスを作ってた」

まさにウィリアムが作りたいものを扱《あつか》っている工房ではないか。嬉々《きき》としてお願いする。

「ルーク、頼《たの》めるか？」

「うん。俺だけだとダメかもだから、トマス先生経由で頼んでみる」

「助かる」

十歳児にお願いする王太子……。ダニエルやケヴィンが見たら、お腹を抱《かか》えて笑うのか、それとも呆れた目を向けるのか。

「ルークから手紙っすよ〜」

何とも面倒くさそうに部屋に入ってきたのは、現在リリアーナの護衛であるケヴィンだ。

「随分《ずいぶん》と早かったな」

ルークはウィリアムが思っていた以上に早く動いてくれていたらしい。

はやる気持ちを抑《おさ》えて渡《わた》された手紙を開けば、そこにはたどたどしい文字が並んでいる。

だが彼が文字を習い始めたのは、ほんのふた月程前のことだ。

ここまで書けるようになるためには、相当な努力をしたことだろう。

自然と笑《え》みが浮かんでくる。

手紙には『おや方のきょ可とれた。夕方でよければうら口から入ってくるようにって。だいじょうぶ？』と書かれていた。

「ケヴィン、すぐに返事を書くからそこで待っていてくれ」

「ゲッ。また行けって？」

「す・ぐ・に・返事を書くからそこで待っていてくれ」

「あ～、もう。はいはい、分かりました。行けばいいんだろ？　行けば」

ウィリアムはニヤッと笑うとすぐに返事を書いた。もちろん答えは『イエス』だ。

すぐにでも通い始めるつもりだ。

(ルークには今度何かお礼をしなきゃいけないな)

ちなみにケヴィンは手紙の中身を知らない。

もし伝えておけば、また違う結果になったのだろうか。

この時のウィリアムは、出来上がった髪留めをリリアーナに渡しながら今までの己《おのれ》の態度を深く反省していると謝罪し、それを受け入れてもらうことしか考えていなかった。

まさかこれが原因でリリアーナとの仲がこじれるなど、思ってもいなかったのだ。

まだ出来上がってもいない髪留めにリリアーナが喜ぶ姿を想像し、ウィリアムは鼻歌でも歌いそうにご機嫌で書類と向き合っていたのだった。

第4章　実家に帰らせて頂きます

ウシノコクマイリの人形を見つけてからというもの、どことなくクリスは元気がない。

ランチにはこれまでのように同席するのだが、食事の量も明らかに減っている。

心配ではあるものの、クリスからは『触《ふ》れてほしくない』というような雰囲気《ふんいき》を感じるため、リリアーナ達はその話題を出すことが出来ずにいた。

だから、あの後呪《のろ》いについてどうなったのかは分からないのだ。

「あれは……」

王太子妃《ひ》教育の授業へ向かう途中、クリスのことについて思案していると、馬車停《ばしゃど》めの方向に向かっていく背の高い男性の後ろ姿を目の端《はし》に捉《とら》えた。

一瞬《いっしゅん》ではあったが、あれはウィリアムで間違《まちが》いないだろう。

「お嬢様《じょうさま》？」

立ち止まって明後日《あさって》の方を向いているリリアーナに、モリーが気付いて声を掛《か》ける。

「……何でもありませんわ」

リリアーナは小さく首を横に振《ふ》ると、何でもなかったように歩きだした。

ウィリアムが最近、王宮を抜《ぬ》け出しているらしいことは、言われずとも薄々《うすうす》感じていた。

というのも、今のように髪《かみ》を黒く染めて、足早に馬車停めへと向かうウィリアムの姿を何度か目にしたことがあったからだ。

時々訪《おとず》れる『子ども達の家』で、ルークに「ウィル様が来ていたよ」と聞いていたこともあり、ウィリアムが子ども達のことを気に掛けてくれていることに感謝していた。

今日もきっと、『子ども達の家』へ行くのだろう。

『一緒《いっしょ》に行けたらいいのに』とも思ったが、互《たが》いに忙《いそが》しく時間調整となると大変な手間が掛かるため、難しいのは分かっている。

なので心の中で『行ってらっしゃい』と呟《つぶや》いた。


「今日もお忙しいようで、申し訳ないとのことです」

なぜかモリーが申し訳なさそうな顔をしている。

昨日に引き続き、今日の夕食の席にもウィリアムの姿はなかった。

当然夕食後の二人の時間もナシである。もしかしたら避《さ》けられている？　とも考えたのだが、きっと忙しいだけだと思うことにした。

「食堂でゆっくり食事も出来ないほどにお忙しいのですから、仕方がありませんわ。それよりも『体調を崩《くず》さぬよう、お気を付けくださいませ』とお伝えしてちょうだい」

同じ王宮の中にいながら会えないのは少し寂《さび》しいが、わがままは言えないとばかりにリリアーナはその気持ちを呑《の》み込んだ。


「中止ですか？」

学園から王宮へ戻《もど》り、王太子妃教育の授業に向かったリリアーナに告げられたのは、外国語を教えてくれているセオドア前伯爵《はくしゃく》がギックリ腰《こし》のため、今日の授業は中止になったということであった。

ギックリ腰ということは、一週間程は動けないだろう。

そうなれば、その間は外国語に充《あ》てられていた時間のみお休みということになる。

「セオドア前伯爵様に、お大事にとお伝えください」

使用人へそう伝え、自分の部屋へと戻る。

「急に時間が空いてしまったわ」

ポツリと呟けば、モリーがそれならばと提案してくる。

「ではお嬢様、天気も良いですし、気分転換《てんかん》に四阿《あずまや》でゆっくりハーブティーを頂くのはいかがでしょう？　美味《おい》しいお菓子《かし》もご用意致《いた》しますよ？」

特にすることもないため、モリーの言葉に同意する。

「じゃあ、そうしようかしら」

言いながら、どうせならばダメもとでウィリアムもお茶に誘《さそ》ってみようと思い立つ。

「ウィルは忙しいかしら？」

「確認《かくにん》して参ります」

部屋を出ていこうとするモリーに慌《あわ》てて声を掛ける。

「あ、モリー？　忙しいのであればウィルに無理をしてほしくないの。こっそり誰《だれ》かに確認して、大丈夫《だいじょうぶ》そうであれば声掛けをするように言ってちょうだい」

「畏《かしこ》まりました」

モリーは使用人へその旨《むね》を言付けるとすぐに部屋へ戻ってくる。

こっそり使用人に確認してもらったところ、やはりウィリアムは忙しいようで、執務室《しつむしつ》に籠《こ》もりきりとのことであった。残念だが、仕方がない。

仕事が忙しいことは頭では理解している。だが、頭と気持ちは別物なのだ。

毎日顔を合わせていたのに急に会えなくなるのはやはり寂しい。

少しでいいから、言葉を交《か》わしたいと、心の中では思っているのだ。

「では、準備して……」

「モリー、ちょっと待って。やっぱりティータイムはやめて、これから『子ども達の家』

へ行きますわ。急で悪いけれど、支度《したく》をお願いしますわね」

子ども達に会って癒《い》やされたいのもそうだが、一番はやはりルークに悩《なや》みを聞いてほしいと思った。

十歳児相手に何をと思うが、彼に聞いてもらうと頭の中が不思議とスッキリするのだ。

「畏まりました。……あまり時間を掛けると帰りが遅《おそ》くなってしまいますから、急ぎますね」

言うが早いか、どこから持ってきたのか、さっさとリリアーナを庶民《しょみん》風のシンプルなパステルカラーのワンピースに着替《きが》えさせ、髪を梳《と》かし、護衛の騎士《きし》と馬車の手配をする。

どんどん有能になっていくモリーを、リリアーナは頼《たの》もしく思った。

早々に支度を終えると、ケヴィンともう一人の護衛を伴《ともな》い、モリーに手配してもらった目立たない外装の馬車に乗る。

中は流石《さすが》に王宮の馬車といった仕様で、揺《ゆ》れも少なく乗り心地《ごこち》は最高に良い。

馬車は噴水《ふんすい》広場には入れないため手前の馬車停めで降りて、徒歩で広場奥にある『子ども達の家』へと向かう。

すると噴水を少し過ぎた辺りで、『子ども達の家』から出てくるウィリアムを見つけた。

髪を黒く染め、平民風の衣装《いしょう》を身に纏《まと》っている。

変装してはいるが、見慣れた姿であるため間違いない。

（あれ？　忙しくて執務室に籠もりきりのはずでは？）

子ども達に会うために、リリアーナに嘘《うそ》をつく必要などないはずなのだが。

頭の中に疑問符《ぎもんふ》を浮《う》かべるリリアーナであったが、ウィリアムは馬車停めがあるこちらの方向ではなく、裏道へと入っていってしまった。

リリアーナは考えるよりも早く、その後ろ姿を追いかけた。

突然《とつぜん》走りだしたリリアーナに驚《おどろ》いたのは、護衛騎士であるケヴィン達である。

「またかよ……」

以前にも同じようなことがあったなと苦笑《くしょう》を浮かべつつ、リリアーナから離《はな》れずに追いかけてくるのは、流石の騎士様である。

ある程度距離《きょり》が近付くと、リリアーナは走るのをやめて壁《かべ》に張り付くようにし、慎重《しんちょう》にウィリアムの後を追う。

「嬢《じょう》ちゃん、一体……。あれはウィリアム殿下《でんか》、だよな？」

「しっ！」

口の前で人差し指を立て、黙《だま》ってついてこいとリリアーナの目が語っている。

護衛であるケヴィン達は静かにその後を追うことにした。

噴水広場の二本裏通りから更《さら》に横道に入ったところで、ウィリアムは裏口らしきドアをノックした。中から出てきたのはリリアーナと同年代の、ストレートの黒髪が美しい可愛《かわい》らしい少女だった。

二言三言話すと、ウィリアムは笑顔《えがお》を見せながら裏口から中へと入っていく。

その姿を陰《かげ》からこっそりと見ていたリリアーナは固まっていた。

「嬢ちゃん、大丈夫か？」

心配そうに顔を覗《のぞ》き込んでくるケヴィンに「大丈夫」と返そうとするが、うまく言葉が出てこない。ハクハクと息が漏《も》れるだけだ。

言葉だけでなく、体も固まったように動かせない。

「嬢ちゃん、悪い」

ケヴィンがリリアーナの背中と膝裏《ひざうら》に腕《うで》を回し、サッと横抱《だ》きにした。

「今日はこのまま帰るぞ」

もう一人の騎士へそう言うと、出来るだけ目立たぬよう、裏道を使って馬車のあるところまで向かった。ケヴィンには子ども達との連絡《れんらく》役をお願いしていたので、この辺りの道には詳《くわ》しくなっているようだった。

突然行って驚かそうと思っていたため、『子ども達の家』には先触《さきぶ》れを出しておらず、特に連絡を入れる必要はない。ただ、あまりにも早い帰りに、モリーは驚くだろう。

馬車が王宮へ向かう間、リリアーナは一言も口をきくことがなく、ケヴィン達はただただだ心配そうに見守ることしか出来なかった。

どうやって戻ったのか、リリアーナが気付いた時には王宮の自室のソファーに、部屋着に着替えて座っていたのだ。

そんなリリアーナの姿を心配そうにモリーとケヴィンが見ていた。

「あら？　モリー？　私、いつの間に戻ってきたのかしら？」

「お嬢様、心配したんですよ？　何度お呼びしても、ずっと心ここに在らずな状態で……」

モリーの瞳《ひとみ》にうっすらと涙《なみだ》の膜《まく》が張られているのが見える。

途端《とたん》に申し訳ない気持ちになった。

「心配掛けてごめんなさい。大丈夫よ、少し驚いてしまって……」

ウィリアムが今まで王宮を抜け出していたのは『子ども達の家』に行くためではなく、先程の女性に会うためだったのだろうか。

もしそうだったとしたら、子ども達に会いに行くのだと思い込み、心の中で『行ってらっしゃい』などと送り出していた自分はなんて愚《おろ》かなことか。

何より女性嫌《じょせいぎら》いのウィリアムが、リリアーナ以外の女性に作り物ではない笑顔を見せることは、ほとんどない。

以前ベルーノ王国のマリアンヌ王女が来訪した時でさえ、『氷の王子様』的対応だったのだ。

だからこそ、嫉妬《しっと》してもウィリアムの言葉を素直《すなお》に受け入れて仲直りすることが出来た。

だが先程目にしたのは、リリアーナにしか見せないはずの、自然な笑顔だった。

決して初めて会った相手に見せるものではない。

そのことがリリアーナに大変なショックを与《あた》えていた。

それに執務室に籠もりきりだなんて嘘までついていたのだ。

もう、何を信じたらいいのか分からなくなっていた。

「きっと何かの間違いですよ！　あのウィリアム殿下がお嬢様以外の女性に目を向けるなんてこと、あり得ませんから！」

「そうだぜ？　あのヘタレ殿下に限って浮気《うわき》とかはないと思うぞ？　ちゃんと話し合った方がいい」

モリーとケヴィンが必死に励《はげ》ましてくれる姿に、少しだけ沈《しず》んだ気持ちが浮上《ふじょう》した気がした。

「そうね、ちゃんと話し合いもしないで決めつけるのは、よくありませんでしたわ。出来るだけ早めに、話をする時間を取って頂きましょう。モリー、これから手紙を書きますから、それをウィルに渡《わた》してもらえるかしら？」

「畏まりました」

夕食後の応接室で、数日ぶりにリリアーナとウィリアムは向かい合っていた。

そう、向かい合っているのだ。今までであれば、隣《となり》に腰掛《こしか》けるかウィリアムの膝の上であったのに。

夕食後の語らいは最近ウィリアムが多忙《たぼう》ということで、ここ何日も行われていなかったのだ。手紙を渡さなければ、きっと更に長い時間会うことは出来なかっただろう。

「無理はしてないか？」

ウィリアムの言葉は今までと違《ちが》い、若干《じゃっかん》ぎこちなさを感じる。

いつもであれば心配してくれる気持ちが嬉《うれ》しくて笑顔で返すところではあるが……。

どうしても、あの黒髪の可愛らしい少女に笑いかけるウィリアムの姿がチラついてしまう。

少し前からウィリアムの様子がおかしいことには気付いていた。

会える時間はどんどん減っていき、会っている時もどことなくよそよそしく、視線も合うことが少なくなった気がする。それでも『仕事だから』と我慢《がまん》していたのだ。

たとえ自分との時間を減らされても、子ども達を気に掛けてくれているのならば、と。

しかし嘘をついてまで会いに行こうとする女性がいるとなれば、話は違う。

まさか女性に会う前に『子ども達の家』へ寄ったのは、発覚した時のアリバイ工作ということはないだろうか。

考えれば考えるほど、どんどん深みにはまっていく気がする。

本音を言えばそれら全てを問《と》い質《ただ》したい。

だが、それらを聞いてもし『女性に会いに行っていた』とウィリアムが答えたなら、その後自分はどうしたらいいのだろうか。

みっともなく喚《わめ》き散らす？

不誠実だと言葉の限りに責め続ける？

……いや、これ以上惨《みじ》めな思いをしたくはない。

リリアーナは小さなプライドを守るために何も知らない振りをして、探《さぐ》りを入れるような狡《ずる》い真似《まね》をしようとしている。

でも、はっきり彼の口から言われるのが、自分の存在を否定されるのが怖《こわ》いのだ。

だから仕方ないのだと己《おのれ》の心に言い聞かせ、ウィリアムに分からぬよう小さく息を吐《は》き、完璧《かんぺき》な令嬢《れいじょう》へと擬態《ぎたい》する。これで何を聞かれても、動揺《どうよう》をうまく隠《かく》せるはずだ。

リリアーナはニッコリと笑顔で答える。

「ええ。今日はセオドア前伯爵様がギックリ腰になられて。外国語の授業はお休みになりましたの」

リリアーナは体調を崩した人の話題を笑顔で話すようなことは絶対にしない。

いつものウィリアムならばすぐに気付きそうなものだが、それが出来ていないというのはやはり何かあるということなのだろう。

「そうか。なら今日はゆっくり出来たんだな」

リリアーナは否定も肯定《こうてい》もしないでニッコリと笑う。

「……ウィルはどうでしたか？」

貼《は》り付けた笑顔の下で、心臓が痛いほどに脈打っている。

「ん？　私はいつも通り執務室に引きこもって仕事だったが、それがどうかしたのか？」

……ああ、嘘を、つかれてしまった。

リリアーナは一瞬、呼吸を忘れた。

スウーッと指先が冷えていくのを感じる。

「……いえ。次の授業もどうやらお休みのようなのですが、もしお時間が合えば久しぶりに四阿でゆっくりお茶でも、と」

「そうか。出来れば私もそうしたいところだが、まだしばらくは難しいだろうな」

「本当に残念ですわ。ですが、ウィルが忙しいことは存じておりますもの。もしかしたらと思い伺《うかが》っただけですので。お仕事が大変だとは思いますが、あまり無理しないでくださいませね？」

心の中で『笑え、笑え！』と自らを鼓舞《こぶ》する。

（大丈夫。今までも完璧な令嬢へと擬態出来ていたのだから。大丈夫！）

だがここまできてようやく、ウィリアムはリリアーナの様子がおかしいことに気付いた。


「リリー？」

「はい、何でしょうか？」

その貼り付けたような笑顔に、リリアーナはいつからこのような笑顔を自分に向けるようになっていたのかを思い出そうとする。

しかし、クリスに対する嫉妬心を彼女にぶつけないようにするのが精一杯《せいいっぱい》で、ちゃんとリリアーナを見ていなかったことに気付き、ウィリアムはショックを受けた。

リリアーナの自分に向ける言葉が、態度が、パーティーなどで他の貴族に向けるものと同じなのだ。今まで自分に向けられていた、あの自然な可愛らしい笑顔が消え、完全な作り笑顔になっている。

己とリリアーナの間に深い溝《みぞ》が出来ている事実に混乱しながらも、ウィリアムには彼女をこんな風にさせた原因が自分にあるということを分かっていた。

だがまさか、彼女が度々《たびたび》王宮を抜け出す自分に気付いていることや、嘘をついていたことがバレているなど、思いもしなかったのだ。

「いや、その、何か私に言いたいことがあったら言ってくれ」

一瞬、リリアーナの笑《え》みが引《ひ》き攣《つ》ったのを、ウィリアムは見逃《みのが》さなかった。

色々言いたいことはあるが、言うつもりはないと言われているように感じ、

「リリー？　何か私に言いたいことがあるんだろう？」

自分のことは棚《たな》に上げて、とにかくリリアーナがなぜ自分にそんな態度をとるようになってしまったのかを知りたかった。

だから、リリアーナがどれだけ悩んで傷ついているかなど知りもせず、思わず声を荒《あら》げてしまう。

リリアーナがビクッと肩《かた》を震《ふる》わせる。

しかしウィリアムは、何も言ってくれないリリアーナが遠い存在になってしまったようで、取り戻したいと必死になりすぎていた。

怯《おび》えるようなその仕草を見た瞬間《しゅんかん》、頭に浮かんだのは、

――このまま誰の目にも晒《さら》さぬように、己の部屋に閉じ込めてしまえばいい――。

そんな恐《おそ》ろしいことを一瞬でも考えてしまった自分に、ウィリアムは愕然《がくぜん》とした。

このままではリリアーナに心にもないことまでぶつけてしまいそうだ。頭を冷やすため、

「大きな声を出して悪かった。少し疲《つか》れているようだ。今日はこれで失礼する」

そう言って、リリアーナから逃《に》げるように応接室を後にした。

この時の自分を殴《なぐ》れるものなら殴りたいと、後にウィリアムは盛大《せいだい》な後悔《こうかい》をすることになる。


自室の扉《とびら》がパタンと閉じた音が聞こえたと同時に、リリアーナは張《は》り詰《つ》めた糸が切れたように、ペタンとその場に座り込んでしまった。

「お嬢様！　大丈夫ですか!?」

モリーが慌てて駆《か》け寄《よ》る。

「モリー？　今回は、私とウィルのどちらが実家に帰るのが正しいかしら？」

「はい？」

「以前、夫婦喧嘩《ふうふげんか》をした妻は『実家に帰らせて頂きます』と言って実家に帰るのだと言ったことがあるでしょう？」

モリーは首を傾《かし》げている。

「その時モリーは怒《おこ》っている方が実家に帰ると言いましたわ」

「……そういえば、確かにそんなことを言った気がします」

「でしょう？　ですからウィルの嘘に怒っている私が実家に帰るのか、黙ったまま何も言わない私に怒ったウィルが帰るのか、どちらですの？」

「え？　ウィリアム殿下が嘘をつかれたんですか⁉」

モリーの驚きの声に、扉の外で控《ひか》えていたケヴィンがバターンと大きな音を立てて部屋の中へ入ってきた。

「あのヘタレ殿下が嘘ついたって？」

リリアーナは静かに頷《うなず》く。

「今日はいつも通り、執務室に引きこもって仕事をしていたと……」

その言葉に、モリーは拳《こぶし》を握《にぎ》り締《し》めて、声高《こわだか》に叫《さけ》んだ。

「よし！　お嬢様、実家に帰りましょう！」

「モリー？」

「私はウィリアム殿下が浮気をするような方ではないと、今でも信じております。ですが、どんな理由かは存じませんが、お嬢様に嘘をつかれたことは許せません。しかも自分のことは棚に上げてお嬢様を怒るなど、絶対に許せません‼　当主様と奥様《おくさま》は本邸《ほんてい》ですが、イアン様とエイデン様はタウンハウスにおられます」

「おいおい、ちょっと待て！　それ、最悪の組み合わせじゃねぇか！　ヘタしたら嬢ちゃん一生王宮に戻ってこられなくなるぞ！」

「でしょうね。でもね？　私の大切なお嬢様に嘘をついて、尚且《なおか》つ怒って傷つけたんですよ？　これくらいの罰《ばつ》は受けて頂かねば。イアン様とエイデン様をどうやって説得するのか……。見ものですね」

モリーはフフッと黒い笑みを浮かべる。そしてケヴィンに向かって言った。

「あなたにも手伝ってもらいますからね！」

……それからは本当にあっという間であった。

タウンハウスに行けるように、早急《さっきゅう》に荷物をまとめる。

リリアーナの護衛にケヴィン他三名を連れていくため、タウンハウスには既《すで》に部屋の用意を調《ととの》えるよう伝えた。

あれよあれよという間に、リリアーナの『実家へ帰らせて頂きます』計画が進んでいくのであった。

翌朝。

鏡に映るリリアーナの大きな目の下には、眠《ねむ》れぬ夜を過ごしたせいでクッキリと隈《くま》が出来ている。

「お嬢様。本日の予定ですが、まずウィリアム殿下に『実家へ帰らせて頂きます』宣言をして頂き、その足でタウンハウスへ向かいます。学園へは数日間お休みする旨を連絡済みですし、王太子妃教育につきましても数日間免除《めんじょ》の許しを得ております。まあ、その分かなりの宿題がございますが……」

聞き捨てならないキーワードに、思わずモリーの言葉を遮《さえぎ》る。

「ちょっと待って？　それって免除とは言わないのではなくて？」

リリアーナの言う通り、免除ではないだろう。

王宮で教師の指導の下学ぶか、タウンハウスで自力で学ぶかの差である。

だがモリーは全く気にする素振《そぶ》りもなくそのまま続けた。

「そうとも言いますね。それで『実家へ帰らせて頂きます』宣言ですが、あまり時間を掛けずにさっくりと宣言されるのがよいと思います。ウィリアム殿下が呆然《ぼうぜん》とされている間に急ぎ馬車停めまでお越《こ》しください。一応ケヴィンを付けますので、万が一追いかけられるような場合は彼が担《かつ》いで馬車停めまでお嬢様をお連れする手筈《てはず》となっております」

「担いでって……」

そんな姿を誰かに見られた日には、羞恥《しゅうち》にもう二度と部屋の外に出ないで引きこもる自信がある。

とにかくケヴィンに担がれないように、ウィリアムにさっくり『実家へ帰らせて頂きます』宣言をしつつ逃げなければならないというミッションが発動されたのだ。

全ての準備が終わり、リリアーナは任務を遂行《すいこう》すべく、ケヴィンを連れてウィリアムの元へ向かった。

ウィリアムがこの時間に執務室へ向かうことは確認済みであるため、先回りすることにする。

執務室の少し先の柱に隠れてウィリアムを待つ間、緊張《きんちょう》でリリアーナの心臓は早鐘《はやがね》を打っていた。

そして柱に添《そ》えた掌《てのひら》から急速に熱が奪《うば》われていくかのように、指先が冷たくなっていく。

そのように緊張にガチガチに固まっていたリリアーナであるが、ありがたいことにそう待たずしてウィリアムはやってきた。

リリアーナは大きく深呼吸すると、いつもの愛称《あいしょう》ではなく名前を呼んだ。

「ウィリアム様」

扉に手を掛けている状態で振り返るウィリアムに、リリアーナはモリーに言われた通りビシッと宣言するのだった。

「私、ウィリアム様が嘘をついて女性に会いに行かれているのを知っておりますのよ？ですから実家に帰らせて頂きますわ！」

モリーの予想通り、目を見開いて固まるウィリアムを置いて、淑女の全速力《早歩き》で馬車停めへと向かう。

気持ちとしては走りだしたいところだが、淑女《しゅくじょ》が小走りするはしたない姿など、誰かに見られてはあらぬ噂《うわさ》を振りまかれてしまう。

……それ以上に担ぎ上げられるのはご免《めん》であるが。

何とか追いかけられずに馬車へ乗り込むことに成功し、ミッション完了《かんりょう》とばかりにそれまでの緊張から解放されて、ドサリと腰を下ろすとホウッと溜息《ためいき》が出た。

リリアーナの後に馬車へ乗り込んできたケヴィンはお腹《なか》を抱《かか》えて笑っている。

「いやあ、嬢ちゃんが必死な割にモタモタ歩いてるからさ」

「失礼ですわ！　あれでも淑女の全速力でしたのよ!?」

「淑女の全速力って、あはは」

頬《ほお》を膨《ふく》らませジト目で見ているリリアーナに、モリーは静かに、

「お嬢様、馬車からこの不届き者を蹴《け》り出してもよろしいですか？」

と言った。

「ええ、構いませんわ」

ニッコリ笑顔で答えるリリアーナと反対に、焦《あせ》ったような顔をするケヴィン。

モリーが真顔で扉に伸《の》ばす手首を捕《つか》まえる。

「うわ、ちょっと待てっ！　冗談《じょうだん》だろ？」

走る馬車の扉を開けるような危険な真似をモリーがするわけはないのだが、脅《おど》しは効果

があったようで、タウンハウスに着くまでケヴィンは大人しくしていたのであった。

その報《しら》せは宵《よい》の口《くち》に届いた。

「お伝え致します。リリアーナ様より『明朝、護衛四名とモリーを連れてタウンハウスへ戻ります。しばらく滞在《たいざい》予定ですので、護衛達のお部屋の準備をお願いします』とのこと」

このように遅い時間の伝令に少々驚きはしたが、イアンは相手がリリアーナだったことと内容に更に驚いた。

目に入れても痛くないほどに可愛いリリアーナが、タウ《こ》ンハウ《こ》スへ戻ってくるのは一向に構わない。むしろ喜ばしいことだ。

だが何の理由もなくいきなり翌朝に帰ってくるなど、通常であれば考えられないことである。

頑張《がんば》り屋の妹は、なかなか弱音を吐《は》こうとしない。ギリギリまで我慢しようとする。

だから両親だけでなくイアンもエイデンも、リリアーナをこれ以上ないほどに甘やかそうとするのだ。

「分かったと伝えてくれ」

そう伝令に伝えると、イアンは急ぎ執事《しつじ》へと指示を出す。

「……以上だ。あと私の部屋にエイデンを呼んでくれ。至急だ」

イアンのただごとではない様子に、執事は「畏まりました」と言って部屋を出ていき、程《ほど》なくしてエイデンがイアンの部屋へとやってきた。

「兄様？　至急って言われて来たけど、何かあったの？」

厚手のカーテンを少し開けて窓の外の三日月を眺《なが》めながら、イアンは静かにエイデンに告げた。

「エイデン、明朝リリがここへ帰ってくる」

「え？　姉様が？　それはまたなんで急に？」

あまりにも急な話に、エイデンは驚きに目を丸くした。

「詳しくは私にも分からないが、リリがこんな無茶を言うということは、何かそれだけのことがあったということだ。普通《ふつう》に聞いてもリリは何も言わないだろうから、様子を見つつうまく聞き出さないとな」

「了解《りょうかい》。十中八九あのデカい虫《ウィリアム》のせいだと思うけど、ちゃんと確認を取らないとね」

聞かれたら完全にアウト。

不敬罪に問われる言い回しだが、それを咎《とが》める者はここには誰もいない。

リリアーナが戻ってくるのはとても嬉しいことであるが、もし何かに傷ついて戻ってくるのだとしたら、素直に喜べるはずがない。

リリアーナを溺愛《できあい》する兄弟は、彼女には心から笑っていてほしいのだ。

「明日はモリーと護衛騎士からも事情を聴取《ちょうしゅ》するとしよう」

エイデンはしっかりと頷くと、「それじゃあまた明日」と言ってイアンの部屋を後にした。

「リリ、お帰り！」

「お帰り、姉様！」

いつものように、玄関《げんかん》から勢いよく飛び出してきた二人にギュウギュウと抱き締められる。笑顔で迎《むか》え入れるイアンとエイデンに、リリアーナがホッとした表情を浮かべた。

「イアン兄様、エイデン、ただいま。しばらくの間こちらに滞在致しますわね」

リリアーナの笑顔には若干の疲れが見えている。

目の下にはうっすらとメイクで隠しているのだろうが、隈が出来ているのが分かる。

他の者は誤魔化《ごまか》せても、この兄弟にはバレバレであろう。

だが二人には、リリアーナが心配掛けたくないと思い元気そうに振る舞っているのが分かるため、あえて気付かない振りをしていた。

「朝食は済ませたのかい？」

「いいえ、まだですの。お腹が空きましたわ」

肩を竦《すく》めて眉尻《まゆじり》を下げた笑顔でお腹を押さえるリリアーナの頭を、目尻《めじり》の下がりきった顔でイアンが撫《な》でる。

「私達もこれからだ。すぐに用意させるから、一緒に食べよう」

「はい！」

とても良い返事のリリアーナを連れて、イアンとエイデンは食堂へと向かった。

朝食へと想《おも》いを馳《は》せているリリアーナの視線は前を向いており、その後ろでイアンとエイデンが難しい顔をして目配せしていることなど、全く気付かないのであった。


「姉様、学園にはしばらくはタウンハウスから通《こ》うんだよね？」

野菜がたっぷり入ったオムレツをニコニコしながら頬張《ほおば》っていたリリアーナは、口内のものを飲み込んでから話しだした。

「そのことですが、ここにいる間は学園をお休み致しますわ。学園には既に連絡済みですの」

「そっか。姉様はいつまでここにいられるの？」

ニッコリ笑顔のエイデンに、何と返したらよいのか言葉に詰まる。

いつまでか、それはリリアーナにも分からないのだ。

もし、このままウィリアムが迎えに来なかったら？

リリアーナが出ていったことで、ウィリアムがこれ幸いと黒髪の可愛らしい少女と仲睦《むつ》まじくしていたら？

そんな風に考えて、視線が下がり、頭が下がり。

食事の手が止まってしまったリリアーナに、イアンが優《やさ》しく聞いてくる。

「リリ？　何かあったのなら、話してごらん？　溜《た》め込みすぎると正しい判断も出来なくなってしまうよ？　口にすることで、気持ちが楽になるかもしれないだろう？」

それはとてもとても優しい声。

だが一見優しげに見えるあの笑顔は要注意である。

イアンとエイデンの腹黒さはオースティン殿下に次ぐものがあるのだ。

それでも迷っているリリアーナにイアンは悲しそうな顔で、

「リリ、私達はそんなに頼《たよ》りにならないかな？」

と呟くように言えば、リリアーナは必死に首を横に振りながら否定する。

「いいえ、イアン兄様もエイデンも、とても頼りにしておりますわ！」

「なら、今回も私達を頼ってくれるよね？」

「そうだよ、姉様。他の誰が何と言おうと、僕達は姉様の味方だよ！」

優しい笑みを浮かべるヴィリアーズ兄弟。

「イアン兄様、エイデン……」

感激に瞳を潤《うる》ませるこのチョロい妹（姉）に、イアンとエイデンは少し心配になった。

二人がそんな心配をしていることなどつゆ知らず、リリアーナは意を決したようにこれまでのことを話しだした。

「……ウィルの様子がおかしいのです」

「デカいむ……、じゃない。その、殿下の様子がおかしくなったのはいつ頃《ごろ》からなんだい？」

イアンは思わずデカい虫と言いかけて慌てて言い直す。

「気付いたのは、陛下の生誕祭パーティーの後くらいでしょうか。視線をそらされたり、よそよそしい態度をとられたり、急に不機嫌《ふきげん》になられたり……」

「ほぉ、殿下は私達の可愛いリリに、そのような態度を……」

イアンの顔には笑みが浮かんでいるが、背後にブリザードが吹き荒《ふあ》れている。

気付いたエイデンに脇《わき》をツンツンと突《つつ》かれ、イアンは慌ててブリザードを引っ込めた。

「ウィルが度々王宮を抜け出しているのは知っておりましたが、私はてっきり『子ども達の家』に行くためのものだと思っておりましたの」

「違ったのかい？」

「違うとは言い切れませんが、行き先はそこだけではなかったのですわ」

「ほ～お？」

イアンとエイデンの口角は上がっているが、二人ともにこめかみに青筋が浮かんでいる。

「セオドア前伯爵様がギックリ腰になられて、その日の王太子妃教育が急遽《きゅうきょ》取りやめになりましたの。それで『子ども達の家』へ行くことにしたのですが……」

思い出したのか、力なく俯《うつむ》くリリアーナを心配そうに見つめながらも、ヴィリアーズ兄弟は彼女が再び話し出すのを辛抱強《しんぼうづよ》く待っていた。

「噴水広場を少し過ぎた辺りで、変装したウィルが『子ども達の家』から出てくるのを見かけて。コッソリ後を追いましたらどこかのお家《うち》の裏口をノックされて、中から綺麗《きれい》な黒髪の可愛らしい少女が出てこられました」

イアンとエイデンの青筋がピクピクしているが、視線が下を向いているリリアーナは全く気付いていない。

「二言三言話された後、その少女と中へ入っていかれました。その時に見せたウィルの笑顔が、私だけに見せてくださる笑顔と同じでしたの。……最近は全く見せて頂けませんが」

そこでリリアーナの言葉は止まってしまった。

心配そうにモリーが駆け寄り、「お嬢様、お疲れのようですからお部屋へ戻りましょう？」と背中を撫でた。

モリーのそれは、子どもの頃から不思議とリリアーナの心を落ち着かせるのだ。

リリアーナを立ち上がらせると、食堂を後にするべく扉に向かって歩き出す。

そしてモリーは後のことを考えて、自分の代わりに生《い》け贄《にえ》を差し出すことにした。

「詳細《しょうさい》に尽《つ》きましてはケヴィンが存じておりますので、後で確認してくださいませ。失礼致します」

パタンと閉じられる扉。

リリアーナがいなくなった途端、イアンとエイデンの顔から笑みが消えた。

「さて、エイデン。至急調べなければならないことが出てきたね」

「そうだね。まずは黒髪女性の身元とそこへ通う頻度《ひんど》と目的かな。そのためにもケヴィンから色々聞きたいなぁ」

「じゃあ、この後私の部屋に場所を移して話を聞こうか」

「了解」

その後、嫌《いや》がるケヴィンを無理矢理引きずりながら部屋に入っていくイアンとエイデンの姿を見た使用人は、その後ろ姿に両手を合わせていたとかいなかったとか。

「お嬢様、お手紙が届いております」

そう言ってモリーが差し出した手紙は、クリスからのものだった。

クリスを呪おうとしたウシノコクマイリの人形のその後について何も聞けないまま学園を休むことになったため、心配で手紙を送っておいたのだ。

早速《さっそく》ペーパーナイフで開封《かいふう》すると、中には『心配してくれてありがとう』『あれから身の回りには気を付けているから、心配しなくても大丈夫』『呪いのことは、自分で何とかする』といったことが書かれていた。

だがそれは、リリアーナ達を巻き込まないように気遣《きづか》って言っているだろうことが分かり、逆に心配が加速してしまうのである。

ノックの音とともに扉を開けてイアンとエイデンがご機嫌な様子で部屋へと入ってきた。

ノックの意味をなしていないが、いつものことだと誰も気にしていない。

リリアーナはササッとクリスからの手紙を隠した。

「リリ、天気がいいから庭でお茶でもどうだい？」

「姉様の好きなお菓子も取り寄せてあるよ」

リリアーナがタウンハウスへ戻ってきてから、イアンもエイデンもリリアーナを以前にも増して甘やかそうとしてくるのだ。

当たり前のように溺愛してきた妹（姉）が、急に王宮生活を始めることになったのが一年程前のこと。

妹（姉）への溺愛魂《できあいだましい》が蓄積《ちくせき》されていた分高利回りとなって返ってきている状況《じょうきょう》に、モリーもケヴィンも苦笑するしかない。

「まあ、お取り寄せのお菓子ですの？　楽しみですわ」

リリアーナは心配の気持ちを見せないよう、にっこりと笑った。

イアンとエイデンは満足そうに頷きながら、使用人達に急ぎお茶の準備をさせるのだった。


翌日、クロエ達からクリスが昼食に参加しなくなったことや、以前より更に学園内で孤立《こりつ》している旨の手紙が届いた。

どうやらリリアーナが学園を休むことになった日から、昼食時に姿を現さなくなったらしい。

あまりに胸が痛むその内容に、リリアーナは、休学中ではあるがケヴィンを連れてこっそり学園へ様子を見に行くことにした。

正直自分のことでいっぱいいっぱいなのだが、クリスのことも心配なのだ。

見つからないように学園に入り込み、休み時間になるまで中庭の端にある茂《しげ》みで身を潜《ひそ》める。

「おいおい嬢ちゃん。何をしに来たんだよ？」

「しっ！　授業中とはいえ、教師に見つかったら大変なのですから静かにしてくださいませ。……友人のことが心配で、様子を見に来たのですわ」

「はいはい。その友人に何かあるんで？」

「実は、誰かの恨《うら》みを買っているかもしれませんの」

「……はい？」

その時、授業終了《しゅうりょう》の鐘《かね》が鳴った。

リリアーナとケヴィンは会話をやめ、見つからないよう更に身を縮こめる。

学園内がザワザワと騒《さわ》がしくなり、次の教室へと移動する生徒が見え始め、その中にクリスを見つけた。

遠目からクリスの様子を窺《うかが》うも、クロエ達の手紙に書いてあったように完全に孤立し、ボッチを極《きわ》めている。

リリアーナが沈痛《ちんつう》な面持《おもも》ちになると、ケヴィンがハアと溜息をつきながら、

「なるほどな。仕方がねえから、あいつの周囲について調べておいてやるよ」

と言った。

面倒《めんどう》だと真っ先に言いそうに見えるケヴィンだが、何だかんだ言いながらも面倒見がいいことは、彼がリリアーナ付きの護衛となってからの付き合いで分かっている。

「よろしいんですの？」

「ああ。何とかしてやりたいんだろ？」

「ええ。彼は友人ですもの」

一時はケヴィンを『チャラ男』呼びしていたこともあるが、リリアーナは彼を信頼《しんらい》している。もちろんそれを本人に言う気は全くないが。

タウンハウスに戻り、リリアーナはクリスのことやウシノコクマイリのことについてケヴィンに説明した。

「ウシノコクマイリねぇ……」と半信半疑のケヴィンだったが、すぐに調べ始めてくれた。

後日報告を受けると、クリスの護衛など、とにかく同行している者で怪《あや》しい人物はいないということだった。

だが、クリスの他に今東国からザヴァンニ王国に入国している者が何人かいるらしい。

今のところクリスと接触《せっしょく》した人物はいないようだが、きっとその中に呪いを掛けた者がいるはずだ。

ケヴィンから渡された入国リストを見るも、リリアーナにはクリスの東国での交友関係までは分からない。

モリーにペンと便せんを用意してもらい、早速クリスに手紙を書いた。

内容はざっくり言って次の二点。

『今ザヴァンニ王国へクリスの知り合いが来ていないか』ということと、『東国からの入国リストを手に入れたので、何か思い当たることがあれば教えてほしい』というものだ。

急ぎモリーにその手紙を出してもらうと、返事はすぐに返ってきた。

『心配しなくていいって言ったのに。でも、俺のためにそこまでしてくれるなんて、ありがとう。実は、リリアーナ嬢達に言っていなかったことがある。直接話したいんだけど、リリアーナ嬢が復学するのはいつ？』

……そうだったと我に返る。

クリスのことで気を紛《まぎ》らせていたが、自分の問題はまだ何も解決していない。

復学予定日はウィリアム次第《しだい》というか、全く決まっていないのだ。

とりあえず、『予定が決まったら連絡します』と書いて返事を出しておくのだった。

ウィリアムが東国の留学生に嫉妬してリリアーナに八つ当たりし、それを謝罪するために内緒《ないしょ》で髪飾《かみかざ》りを作ろうと工房《こうぼう》に通いだして二週間程が経《た》つ。

ダニエルが最初にその話をウィリアムの口から聞いた時は、「は？」としか言えなかった。

そんなものを作る暇《ひま》があるのならさっさと謝ればいいことだし、工房へ通う時間があるのならばその時間をリリアーナとの時間に充てればいいじゃないか、とダニエルが考えるのは当然だろう。

何なら空いた時間を仕事に回してくれたのなら尚良しである。

リリアーナに嘘までついて工房に通い詰め、あと少しで出来上がるというところで嘘がバレたのだ。それも最悪の形で。

そして、怒ったリリアーナがウィリアムの天敵であるヴィリアーズ兄弟のいるタウンハウスへ帰ってしまったのである。

ウィリアムはすぐにでも迎えに行きたいが、それではせっかく作った髪留めが無駄《むだ》になってしまう。中途半端《ちゅうとはんぱ》のままで終わらせるのは本意ではない、と言う。

だからウィリアムは、髪留めを作り終えるまではリリアーナを迎えに行かないと決めたらしい。

色々思うところはあるが、ここまで来たのならウィリアムの言う通り、作り終えた髪留めを持ってリリアーナの元へ謝罪に向かった方がいいだろうと、ダニエルは協力することにしたのだが。

この目の前にいる使い物にならないウィリアムを見ていると、協力しようという気持ちが失《う》せていく気がする。

「ここでいつまでもグジグジ言ってたってしょうがないだろうが。愛想《あいそ》を尽かされたとしても……」

「愛想を尽かされる⁉」

机に突っ伏《ぷ》していたはずのウィリアムが、勢いよく顔を上げた。

「いや、それは例えばの話だからな？　リリアーナ嬢が頻繁《ひんぱん》にその留学生と手紙のやり取りをしていたとして、今のお前にそれを言う資格はないと思うぞ？　ここでリリアーナ嬢だけを批判するようなことを言えば、それこそ二度と王宮に戻ってきてはくれないだろうな」

そう、リリアーナが『実家に帰らせて頂きます』宣言をしてから、クリスと手紙のやり取りをしていることを、ウィリアム達は知っていた。

もちろん情報源はケヴィンである。

そのことを知り、勝手ながらウィリアムは更に嫉妬を募《つの》らせていた。

その気持ちは分からなくもないが、ダニエルとしては、今は仲直りしてリリアーナを王宮に戻すことの方が大事だと思っている。

なぜならリリアーナがいないと、ウィリアムの仕事の効率が下がるからだ。

それにウィリアムは気付いていないようだが、ケヴィンのあの感じだと、リリアーナとクリスとの間に何かがあるわけではなさそうだ。

そのことはあえて、ウィリアムには言わないけれど。

「リリアーナが、戻ってこない……？」

「ああ。八つ当たりしたのも、素っ気ない態度をとったのも、避けるようにしていたのも、嘘をついたのも、全部お前がやったことだ。そこに批判の言葉なんか言ってみろ。あのリリアーナ嬢のことだ、それこそ婚約《こんやく》解消を言いだしかねないだろうな」

「婚約、解消……」

ウィリアムの顔から血の気がサーッと引いていく。

「だからそうならないように、まずは髪留めをさっさと作り終えて、リリアーナ嬢に謝罪して王宮に帰ってきてもらわなきゃだろ？」

「そうだな。リリアーナに謝罪をしなければ……。だがその前に、今度は私があいつにウシノコクマイリを……」

「だ～か～ら～、そんなことよりまず自分の方をどうにかしろっての。そんなんじゃ本当に愛想を尽かされるぞ。まずは今やるべきことを一つずつこなしていくしかないだろ？」

「……そうだな。ダニー、感謝する」

「はいはい、感謝されました。じゃあこの書類からさっさと終わらせてくれ」

何だかんだと面倒見の良いダニエルである。

幕間 ❖ ケヴィンの憂鬱②

リリアーナが実家へ戻《もど》った翌々日。

「ヘタレ殿下《でんか》、来ねぇな」

ケヴィンの呟《つぶや》きに、シーツをピンと張らせるために角を合わせていたモリーは、作業の手を止めた。

リリアーナの護衛をしている彼、ケヴィン・ヴォードは近衛騎士団《このえきしだん》所属である。

彼を含《ふく》めた四人の近衛騎士達が、ヴィリアーズ家のタウンハウスに付いてきていた。

基本二十四時間勤務の彼らは順番に休みをとっており、ケヴィンは本日お休みの日である。

お休みのためいつもの制服を着用していないが、相変わらずシャツのボタンを上から三つ開けている。

リリアーナからボタンの留め忘れが多いウッカリさんだと思われているのを知っているが、やめる気はサラサラないようだ。

「まさか、本当に浮気《うわき》してるとかじゃないわよね？」

「まさか、な」

ケヴィンとモリーは顔を見合わせる。

あれだけリリアーナを溺愛《できあい》していたウィリアムが、他の女性に目を向けるというのは考えにくい。

であれば、何かしら理由があるはずなのだ。

モリーは少し考える仕草をした。

「ケヴィン、あなたちょっと王宮に行って探《さぐ》ってきなさいよ」

「は？」

ケヴィンは鳩《はと》が豆鉄砲《まめでっぽう》を食ったような顔とはこういうものだというような顔をしている。

モリーは片手を腰《こし》に、片手をピシッとケヴィンに指差して言った。

「私はタウンハウスを離《はな》れられないんだから、あなたが行くしかないでしょ？」

「行くしかないでしょ？　って……」

何とも情けない顔をしているケヴィン。

少し前に『運命の相手』だなどと言う厄介《やっかい》な少女に絡《から》まれたことによりモリーに借りを作ってしまい、頭が上がらないのだ。

最近は大人しくしているとはいえ、かつては近衛騎士団一の問題児、女好きのエロテロリストと呼ばれた彼が、だ。

色気だだ漏《も》れのはずの彼が、困惑顔《こんわくがお》の今は色気の『い』の字もない。

ケヴィンのこんな姿を知っているのは、異性ではモリーとリリアーナくらいだろう。

「ダニエル様なら何か知ってるだろうから、早く聞いてきて？」

「えぇぇ……」

面倒《めんどう》くさそうに声を上げるケヴィンに、モリーはこめかみに青筋を立てながら口角だけを上げた。

「行ってらっしゃい」

言うが早いかケヴィンを制服に着替《きが》えさせると、タウンハウスから追い出……送り出したのだった。


「少しいいか？」

ケヴィンはノックもそこそこにウィリアムの執務室《しつむしつ》へ入っていく。

しかし、中にいたのは一心不乱に書類と向き合うダニエルだけだった。

「お前な、ここ一応王太子殿下の執務室だから。返事を待ってから入ってこいよ」

ダニエルは面倒くさそうに書類から視線をケヴィンへ向けると、頭が痛いというようにこめかみを押さえている。

そんなダニエルを気にも止めていないとばかりにケヴィンは、

「あれ？　ヘタレ殿下はいねぇの？」

とキョロキョロしている。

ダニエルは気まずそうに視線をそらして「ん、まあな」とだけ言った。

「ふ～ん？」

ケヴィンはダニエルに探るような視線を向ける。

「ま、ちょうどいいや。あんたに聞きたいことがあるんだけど」

なんだ？　というようにダニエルは訝《いぶか》しげに片眉《かたまゆ》を上げた。

「最近ヘタレ殿下の様子がおかしかったのって、なんで？」

ド直球である。

どうもリリアーナ付きの護衛騎士となってから、リリアーナに似てきたようである。ダニエルは困り顔で黙《だま》っている。

「俺の口から嬢《じょう》ちゃんには言わねぇよ。ただ俺が把握《はあく》しておきたいだけだ」

(ま、モリーには言うけどな)

……言わされるともいうが。

ダニエルはハァ～と大きく溜息《ためいき》をつくと、苦虫を噛《か》み潰《つぶ》したような顔をして吐《は》き出すように言った。

「嫉妬《しっと》だよ、嫉妬！」

「はい？」

ケヴィンは本日二度目の、鳩が豆鉄砲を食ったような顔をした。

「東国から来た留学生の話を聞くのが面白《おもしろ》くないんだと。距離《きょり》が近すぎるとかグチグチ始まって、このままだとリリアーナ嬢にあたっちまいそうだとか言って拗《こじ》らせてるんだよ。嫉妬も過ぎるとウザいと言ってやったがな」

「えぇぇ……マジか」

「マジで」

ダルそうな顔をするケヴィンにダニエルが真顔で答える。

ガキかよ！　と言いそうになるのを既《すんで》のところで呑《の》み込んだ。

「じゃあ、女のところに通ってるのは？」

ダニエルはなぜそれを知っているのかといった驚愕《きょうがく》の表情を浮《う》かべる。

そして大きく息を吐いて言った。

「……それに関しては、俺の口からは言えない」

「は？　なんでだよ!?」

「もう少しだけ待ってやってくれよ。そしたらウィルが自分の口から説明しに行くと思うからさ」

ダニエルの様子にこれ以上聞いても時間の無駄《むだ》だと判断し、ケヴィンは「了解《りょうかい》」と片手を上げて滞在《たいざい》時間わずか十分で執務室を出ると、足早にタウンハウスへと戻るのだった。

「はぁ？　嫉妬!?　……まぁ、そんなことだろうとは思ってましたけど。で？　肝心《かんじん》の女性に会っていた件はどうなの？」

仕事の手を休めることなく、モリーは忙《いそが》しそうに視線だけをケヴィンに向ける。

「それに関してはもう少しだけ待ってくれだとさ。そしたらヘタレ殿下が自ら説明に来るってよ」

「……そうですか。待てと言うのならば大人しく待ちましょう。その代わり中途半端《ちゅうとはんぱ》な説明じゃ、お嬢様は渡《わた》せません！」

モリーが鼻息荒《あら》く拳《こぶし》を握《にぎ》る。

「いやいや、決めるのはあんたじゃないでしょ」

ボソリと呟くケヴィンに、モリーがギロリと睨《にら》み付ける。

「何か言った？」

ケヴィンは苦笑《くしょう》しつつ、肩《かた》を竦《すく》めて静かに首を横に振《ふ》った。

第5章　ウィリアムVSヴィリアーズ兄弟

リリアーナが王宮を出て、既《すで》に十日が過ぎていた。

ヴィリアーズ家のタウンハウスの玄関先《げんかんさき》で静かに佇《たたず》むのは、リリアーナの兄弟イアンとエイデンであり、ウィリアムにとって最大の難関である。

この二人はリリアーナのためならば、王太子であるウィリアムにも簡単に牙《きば》を向けるだろうと思わせるほどに、彼女を溺愛《できあい》している。

彼らは味方であればこれ以上ないほどに心強いが、敵であればとてつもなく恐《おそ》ろしい存在である。

なぜイアンとエイデンが玄関先に佇んでいるかというと、ついにウィリアムが来たからだ。先触《さきぶ》れが来てから慌《あわ》ただしく何らかの準備をし始めたヴィリアーズ兄弟は、リリアーナに自室で待つよう伝えた。

そして約束の時間になり、ウィリアムを迎《むか》え撃《う》っているのである。

どれくらいの時間、向き合っていたのか。

途方《とほう》もなく長く感じたが、本当はそんなに長くなかったのかもしれない。

とにかく口の中が乾《かわ》くのは、それだけウィリアムが緊張《きんちょう》しているということだろう。

リリアーナに会うためには、今目の前にいる彼らの許可を得なければならないのだ。

彼らにどう伝えるべきか悩《なや》んでいると、先に口を開いたのはイアンだった。

「随分《ずいぶん》と時間がかかりましたね？　私はてっきり殿下《でんか》のことですから、リリが戻《もど》った当日か翌日にでもお見えになると思っておりましたが」

目が全く笑っていない、口角だけが上がった底冷えするような刺々《とげとげ》しい笑《え》みを浮《う》かべている。

隣《となり》のエイデンは、なぜか無表情ながらも『どの面《つら》下げて』といった気持ちが前面に押し出されており、圧がすごい。

覚悟《かくご》はしていたものの、今の彼らにとってウィリアムは排除《はいじょ》すべき『敵』であり、目《ま》の当たりにするのはやはり厳しいものがある。

普段《ふだん》温和に見える者ほど怒《おこ》ると恐ろしい。

「それで？　今日こちらにみえたのは、王太子殿下、い、いとしてでしょうか？　それともウィリアム・ザヴァンニ様個人としてでしょうか？」

ここで王太子殿下としてと答えたなら、きっとリリアーナに会わせてもらうことは出来なかっただろう。

「私個人として、だ。リリアーナにちゃんと説明したい。リリーに会わせてほしい」

「私がリリを殿下に会わせると？」

静かに、だからこそ心中での怒《いか》りは相当なものだろうことが窺《うかが》える。

「それでも、リリアーナに会わせてほしい」

自分の口から、きちんと説明したいのだ。

「頼《たの》む」

二人を前に、ウィリアムが頭を下げる。

「王族が簡単に頭を下げてはなりません」

イアンの声は凍《い》てつくように冷たい。

内心ではきっと『頭を下げたくらいで会わせてもらえると思うなよ』とでも思っているのだろう。本当に、二人とも王族相手にも容赦《ようしゃ》がない。

「簡単にではない。本当に大切なもののためなら、いくらでも下げるさ」

「……そんなに大切ならば、なぜ嘘《うそ》などつかれたのです？」

ウィリアムは驚《おどろ》いて、下げていた頭を勢いよく上げた。

彼らは全てを知っている。

知っていてウィリアムを試《ため》しているのだと理解した。

「それを説明させてほしい。……君達の前で」

本音はリリアーナと二人きりで話をしたいところではあるが、それはこの兄弟が断固阻《そ》

止《し》しようとするだろう。

大変不本意ではあるが、たとえ二人が同席してでも話した方がいいに決まっている。

ウィリアムとイアンの視線がぶつかる。

まるで探《さぐ》り合いをするように互《たが》いに視線をそらさない。

イアンが「ふぅ」と小さく溜息《ためいき》をついて、

「分かりました。私達も同席しますが、それでよろしいですね？」

と、諦《あきら》めたように言った。

「イアン兄様！」

「仕方がないだろう？　いつまでも王太子殿下を玄関先に立たせたままでいるわけにもいかない」

ウィリアムは心の中でホッと胸を撫《な》で下《お》ろし「ありがとう」と言ったが、

「勘違《かんちが》いしないで頂きたい。リリアーナに会わせるとは言いましたが、王宮に戻すかどうかはまた別問題ですので」

イアンはきっちりとウィリアムに釘《くぎ》を刺《さ》すのを忘れなかった。

「ただいまリリアーナを呼んでおりますので、しばらくこちらでお待ちください」

イアンの言葉に頷《うなず》いて、ウィリアムはソファーに腰掛《こしか》ける。

応接室は王宮のそれよりも小さいが、グリーンと茶色でまとめられた落ち着いた空間となっている。とはいえ、テーブルを挟《はさ》んだ正面のソファーには無表情のイアンとエイデンが腰掛けており、自業自得《じごうじとく》とはいえ、全く落ち着けるような雰囲気《ふんいき》ではない。

応接室の中はシンと静まり返り、使用人が紅茶を淹《い》れる微《かす》かな音だけが鼓膜《こまく》を揺《ゆ》らす。

カチャリと音を立てて置かれたカップとソーサーも、普段であれば会話に消されてしまうような小さな音だったに違《ちが》いない。

正面からはイアンとエイデンによる批判の視線が容赦なくブスブスと突《つ》き刺さり、まるでソファーではなく針のむしろに座っている気分だ。

女性は来客があった場合にドレスを着替《きが》えねばならないため、リリアーナがこの部屋へ到着《とうちゃく》するまでにはそれなりに時間が掛《か》かるはずである。

それまでこの地獄《じごく》のような時間をひたすら耐《た》えなければならないのだと思うと、自業自得とはいえウィリアムは気が遠くなりそうだった。

喉《のど》が渇《かわ》いた気はするが、とてもではないが紅茶に口を付ける気分にはならない。

どれほどの時間そうしていたのか、コンコンとノックの音が静寂《せいじゃく》の中、微かに響《ひび》く。

地獄のような静寂の時間は、ようやく終わりを告げた。

使用人が扉《とびら》を少し開けて何やら話をしている。

そして「お嬢様《じょうさま》がいらっしゃいました」と扉を大きく開けて横にずれると、そこには十日ぶりに見るリリアーナの姿があった。

（……少し痩《や》せてしまったのではないだろうか）

ようやく会えた喜びと、心配する気持ちと、彼女を傷つけてしまったことへの贖罪《しょくざい》の気持ちが綯《な》い交《ま》ぜになる。

リリアーナの表情は硬《かた》く、視線を下方に向けたまま歩いてくると、イアンとエイデンの間にゆっくりと腰《こし》を下ろした。

仕方のないことだと分かっていても、視線が合わないことと、彼女が腰掛けるのが自分の隣でないことに若干《じゃっかん》傷つく。

「さて、リリも来たことですし？　王太子殿下からのご説明とやらを伺《うかが》うと致《いた》しましょうか」

『個人』としての来訪だと言ったにもかかわらず『王太子殿下』と言う辺りに、現在のイアンとウィリアムの距離《きょり》感が出ている。

イアンの刺々しい言い回しに苦笑《くしょう》を浮かべつつ、ウィリアムは言い訳という名の説明を始めた。

「迎えが遅《おそ》くなったのは、これを完成させてからと思ったからだ」

掌《てのひら》ほどの大きさの白い箱を取り出して、静かにテーブルの上にそれを置く。

目の前の三人の視線が、その小箱へと注がれる。

リリアーナは黙《だま》って箱をジッと見つめ、両手は膝《ひざ》の上に重ねられたまま動く気配がない。

「失礼ですが、私が開けてみてもよろしいですか？」

このままでは先に進まないと思ったのか、イアンが聞いてくる。

「ああ、構わない」

本当はリリアーナに手渡《てわた》したかったのだが、この状況《じょうきょう》では仕方がないと諦めた。

イアンは箱に手を伸《の》ばし、徐《おもむろ》に蓋《ふた》を開ける。

箱の中には金細工の髪留《かみど》めが、存在感を放ちながら鎮座《ちんざ》している。

それは、ウィリアムの瞳《ひとみ》と同色のタンザナイトと、リリアーナの瞳と同色のエメラルドを所々に埋《う》め込んだ、花束をイメージさせる何とも可愛《かわい》らしい髪留めだった。

リリアーナは穴が空くほどに、イアンの持つその髪留めを凝視《ぎょうし》している。

「先程王太子殿下は『これを完成させてから』と仰《おっしゃ》いましたが、これをどこかで作らせていたということですか？」

エイデンの質問にウィリアムは首を横に振《ふ》る。

「いや、作らせたのではない。私が作った」

イアンとエイデンは少しだけ驚いたような顔をした。

というのも、リリアーナが戻ってきてから二人は色々と調べ、大体のことは把握《はあく》していた。

ウィリアムがリリアーナに贈《おく》る何かのために工房《こうぼう》を訪《おとず》れていることも知っていた。

ただ、ウィリアムが横で指示をして作らせているのだとばかり思っていたために、彼自身が作ったということに驚いたのだ。

ウィリアムは一旦《いったん》言葉を区切り、大きく深呼吸をしてから、改めてリリアーナに説明を始めた。

「これを作るために、ほぼ毎日工房に通っていた。それでなかなか二人で会う時間が取れなくなってしまったんだ。不安にさせて、本当に申し訳なかった。サプライズのプレゼントにしようと思いついて黙っていたんだ。まさかリリーに工房に通うところを見られていたとは思わずに、嘘をついてしまった。決して傷つけるつもりではなかったとはいえ、結果リリーを傷つけることになってしまった。本当にすまない」

ウィリアムが頭を下げるも、リリアーナの視線は、髪留めに縫《ぬ》い取られたように動かない。リリアーナが気になっているのは髪留めなどではないのだ。

沈黙《ちんもく》の時間が続き、そしてリリアーナの小さな呟《つぶや》きが微かに耳に届く。

「女性に……会いに行っていたのでは……？」

「女性？」

リリアーナの指す女性とは一体誰《だれ》のことを言っているのだろうと首を傾《かし》げる。

「『子ども達の家』にほど近い裏通りの……」

その言葉に、ウィリアムはようやくリリアーナの言う女性が誰を指しているのかが分かった。

「ああ！　彼女はあの工房の主の娘《むすめ》で、既に結婚《けっこん》している」

これで誤解が解けただろうとウィリアムは思ったが、リリアーナは納得《なっとく》出来なかったようだ。

「ですが、ウィルはその女性に笑いかけてらっしゃいました」

「笑いかけて……？」

リリアーナ以外の女性に全く興味がないウィリアムには、女性に笑いかけた記憶《きおく》は全くと言ってよいほどにない。

とはいえ、それでは納得してくれないであろうことは、リリアーナの表情を見れば分かる。ウィリアムは必死に思い出そうとしていた。

工房にいる女性は主の娘だけである。

彼女とはどんな言葉を交《か》わしていただろうか？

……言葉を交わすと言うよりも、ほとんど一方的に話しかけられていたように思う。

確か恋《こい》バナが好きだと言っていたはずだ。

今回の話を引き受けてもらえたのは、彼女が『恋人のために作る世界でただ一つのアクセサリー！　なんてロマンチックなの!!』と大騒《おおさわ》ぎして絶対に引き受けろと半ば脅《おど》されたからだと工房主《父親》が言っていた。

いつも勝手に一人で盛り上がって喋《しゃべ》っているのをスルーしていたのだが、彼女は何を話していただろうか。

……そういえば、『自分のためにこんなに一生懸命《いっしょうけんめい》になっていると知ったら、絶対に喜びますよ』と言われたように思う。照れくさくて無視してしまったが。

他にも『恋人さん、愛されてますね～』や、『羨《うらや》ましい』などと言いながら職人でもある彼女の夫にジト目を向けていたこともあったな。

そいつは聞こえない振りをして黙々《もくもく》と作業していたが。

私が彼女に笑いかけたのだとしたら、その辺の言葉に反応してだろうと思う。

それ以外に思い浮かばないのだ。

「多分だが、これを渡す時、リリーはきっと喜んでくれると言われて笑ったのだと思う」

ここでまた、少しだけ静寂の時間が続く。

風が吹き窓《ふ》がカタカタと小さな音を立てる。遠くで鳥の囀《さえず》りが聞こえる。

どうしていいか分からずに迷子のような表情を浮かべながら、リリアーナは唇《くちびる》を震《ふる》わせて呟いた。

「……では、本当にこの髪飾《かみかざ》りを作るために通われていただけ……？」

「ああ。神に誓《ちか》って、本当だ」

手を握《にぎ》って伝えたいところではあるが、テーブルが邪魔《じゃま》でそれは出来ない。

それに無理に手を伸ばしたところで、リリアーナの両サイドにいる兄弟という名の番犬に叩《はた》き落《お》とされるか噛《か》みつかれるだけだろう。

リリアーナは下げていた視線を少しずつ上げていくが、その瞳はまだ少し不安げに揺れている。

「信じても、よろしいのですか？」

「信じてほしい」

ウィリアムとリリアーナの視線が重なる。

こうやって互いの目を見るのは久しぶりのこと。

少しの間見つめ合うと、リリアーナはゆっくりと頷いた。

「信じます」

小さくはあったが、ウィリアムは求めた言葉を聞くことが出来てホッと胸を撫で下ろす。

するとこの緊張の糸が切れた無防備なタイミングを見計らったかのように、エイデンがニヤリと笑って爆弾《ばくだん》を投下した。

「あなたが女性に会っていたのではなく、工房に通っていた、というのは分かりました。ですが問題はそれだけではありませんよね？　このところ、あなたは随分とご機嫌《きげん》斜《なな》めだったそうじゃないですか」

う。

「……そこも聞くのか？」

ウィリアムは眉《まゆ》を顰《ひそ》めているが、イアンとエイデンはとても楽しそうに笑う。いや、嗤《わら》
リリアーナだけでなく、イアンもエイデンも一応はウィリアムの説明と謝罪の言葉に納得した。

だが一時《いっとき》とはいえ、目の中に入れても痛くないほどに可愛いリリアーナを悲しませた罪が、そう簡単に消えるわけではない。

いや、簡単になど消させるものかと、二人の目が物語っている。

ここからイアンとエイデンによる、ウィリアムへの制裁が始まるのだ。

「ぜひとも教えて頂きたいですね。そこのところを、詳しくお願いしますよ？」

（この顔は、私がクリスに嫉妬《しっと》して機嫌が悪かったということを、絶対に分かっていてやっているな。彼らのことだから、きっと全て調査済みなのだろう。分かった上で、その挑発《ちょうはつ》的な態度が腹立たしい）

絶対に面白《おもしろ》がっているだろう彼らの前で詳《くわ》しく説明するなど、物凄《ものすご》い抵抗《ていこう》感がある。

とはいえ、ウィリアムがリリアーナを悲しませたのは事実であるし、それによって彼らを怒らせたのは自業自得であり、これを乗《の》り越《こ》えなければリリアーナを連れて帰ることが出来ないのだ。仕方なく、意を決して、絞《しぼ》り出すように言う。

「……たんだ」

「何ですか？」

イアンとエイデンがニヤニヤしている。

「……したんだ」

「聞こえませんねぇ」

更《さら》にニヤニヤしている。

「嫉妬したんだ!!」

「へぇ～、嫉妬ですか。それは誰が、誰に、対してなんですかね？」

イアンもエイデンも、とても楽しそうである。

「うぐっ」

彼らにとって、ウィリアムは可愛いリリアーナを自分達から奪《うば》う憎《にく》らしい相手である。

そのウィリアムが、何より大切なリリアーナを傷つけたのだから、簡単になど許せるはずがない。それがたとえ自国の王太子だとしても、だ。

この程度ではまだまだ足りないとばかりに追撃《ついげき》の手を緩《ゆる》めない。

「ほぉ～、仲良く話をするリリと留学生の二人を見て嫉妬されたと。そしてただ学友と話していただけのリリに、八つ当たりをしたと、そういうわけですか。ほぉ～」

「……」

やはり全て知っていたのだ。

事実なだけに反論出来ず、ただひたすら二人のチクチク口撃《こうげき》を耐えていると、イアンがそれまでの口調を一変させる。

「さて、殿下への口撃はここまでにするとして。……リリは私達兄弟にとって、目に入れても痛くないほど可愛い妹であり姉なのです。出来れば嫁《よめ》になど出したくないほどに可愛い。だからもし、またこのようなことがあれば、その時はリリをヴィリアーズ領へ連れて帰り、二度と殿下の目に触《ふ》れさせることはないと思って頂きたい。よろしいですね？」

どうやらようやく溜飲《りゅういん》を下げてくれたらしい。

それにしても『可愛い』の言いすぎではないかと思うが口には出さない。

ウィリアムは一言「約束しよう」と答え、真《ま》っ直《す》ぐな瞳をリリアーナへと向ける。

「リリー、本当にすまなかった。……私と一緒に王宮へ帰ろう？」

リリアーナが返事をしようと口を開くが、それよりも早くイアンとエイデンはそれまでの態度は何だったのかと思うほどに、満面の笑みを浮かべて言った。

「リリ？　ここはリリの家なんだから、遠慮《えんりょ》なんてしないで、い・つ・ま・で・も、いてくれていいんだからね？」

「そうだよ？　姉様の家でもあるんだから、遠慮なんてする必要ないし、久しぶりなんだからもっと、ゆ・っ・く・り、していきなよ！」

リリアーナは大好きな兄弟の間で花が綻《ほころ》ぶように笑う。

「ふふふ、イアン兄様にエイデンまで。そんな風に言われては、王宮に帰りたくなくなってしまうではないですか」

イアンはリリアーナの肩《かた》をガシッと摑《つか》んで、「むしろ帰らなくてもいいんだよ？」と、眩《まぶ》しいほどの笑顔《えがお》を見せている。

リリアーナは苦笑しつつ、兄弟にとって残酷《ざんこく》な言葉を告げた。

「そういうわけにも参りませんわ。私の勝手で王太子妃《ひ》教育もお休みさせて頂いているのですもの。準備が整い次第《しだい》王宮に参りますわね」

ウィリアムが喜びに浸《ひた》っていると、リリアーナに分からないようにヴィリアーズ兄弟は互いに横を向いて「チッ」と舌打ちしたのだった。

第6章　暴走婚約者の来襲!?

カラカラという音を立てて、教室の引き戸を開ける。

まだ少し早い時間のため、登校しているクラスメートはいないようだ。

リリアーナはそのまま中へ入り、自席へ腰掛《こしか》けるとフゥと小さく息を吐《は》いた。

実に二週間ぶりの学園である。

長期休暇《きゅうか》に比べればたった二週間と言えるのだろうが、何だかとても懐《なつ》かしい気さえする。

そんなことを考えていると、カラカラと扉《とびら》が開く音がして、誰《だれ》かが教室に入ってきた。

「リリ！　おはよう。やっと登校してきたわね」

自席にちょこんと座るリリアーナに気付いたエリザベスが、満面の笑《え》みを浮《う》かべている。

彼女に続いてクロエも入ってきた。

「リリ様、おはようございます」

「エリー、クー、おはようございます」

リリアーナがタウンハウスに戻《もど》っていた間に、クリスだけでなくエリザベス達とも何度か手紙のやり取りをしていたが、学園内で二人に会うことによってようやく元通りの生活に戻れたようでホッとする。

「ご心配をお掛けしてすみません。ウィルが迎《むか》えに来られて……無事イアン兄様達の了《りょう》承《しょう》を得て、昨日王宮へ戻りましたの」

「どうなることかと思ったけど、無事仲直り出来てよかったわ」

「リリ様、本当によかったですわ」

「ありがとうございます」

エリザベスとクロエはホッとしたような笑みを浮かべ、リリアーナは二人に感謝の気持ちを伝えた。

そこで、リリアーナの後頭部に光る金細工の髪留《かみど》めに気付いたのはエリザベスだった。

「ねぇリリ？　可愛《かわい》い髪留めね。初めて見るものだけど、もしかして……」

「ええと、その、ウィルからの、プレゼント、です……」

恥《は》ずかしそうにモジモジと頰《ほお》を朱《あか》く染めて言うリリアーナに、エリザベスはニヤリと口角を上げる。

「ふぅ～ん？　本当は今すぐにでも聞きたいけど、そろそろクラスメート達も来そうだから、ランチの時まで我慢《がまん》しとく。クリスの話の後に、く・わ・し・く・教えてね？」

そして大人しいはずのクロエもニコリと微笑《ほほえ》む。

「リリ様、とっても良くお似合いですわ。ランチを楽しみにしておりますね」

言外に『逃《に》がしません』と言われているようで、リリアーナは苦笑《くしょう》を浮かべた。

タウンハウスにいる時にクリスからもらった手紙にあった『話したいこと』は、時間が空いてしまったが今日のランチで話を聞くことになっている。

リリアーナだけでなくエリザベス達も、ウシノコクマイリの呪術者《じゅじゅつしゃ》に目星がついたという話ではないかと思っていたのであったが……。


「こうして四人が揃《そろ》って四阿《ここ》でランチするのも久しぶりですわね」

「本当ね」

皆《みな》がウンウンと頷《うなず》き合う。

「私事で皆様には大変ご心配をお掛けして、本当に申し訳なく思っておりますわ」

エリザベスにもクロエにも心配を掛けたが、特にクリスは皆に話したいことがあると言っていたのに、リリアーナの休学で延び延びになっていたのだ。

その間ずっとボッチだったわけで、本当に申し訳ないと思っていた。

「クリス様は少しお痩《や》せになりました？」

クロエが心配そうに眉尻《まゆじり》を下げている。

「ん～、そうかな？」

困ったように笑うクリスだが、無理をしているのがありありと分かる。

これはさっさと本題に入った方がいいだろう。

誰かに話すことによって気持ちが楽になることもあると、リリアーナはウィリアムとのことで身にしみていた。

クリスにも少しでも気持ちを楽にしてもらえたらいい。

「クリス様、皆に話したいことがあるとのことでしたが、一体……？」

「ん？　ああ、そのことなんだけど……」

クリスが話し始めたその時。

「クリス様！」

こちらに向かって誰かが血相を変えて走ってくるのが見えた。

「うわっ！　ネイサンが走ってる⁉」

驚《おどろ》きの声を上げるクリスに、リリアーナ達は首を傾《かし》げる。

「何かおかしなところがありますの？」

「いや、アイツは俺の側近なんだが、一日の大半を部屋の中か図書室で過ごしていて、外に出るのはどうしようもなく腹が減る時だけだと言われるくらいに引きこもっている奴《やつ》なんだ。用事があって他の者に呼びに行かせた時だって『準備しますので、五分後にお越《こ》しください』と俺に伝言させた奴だからな」

「それで？　クリス様が会いに行ったの？」

クリスがサッと視線を明後日《あさって》の方へと向けた。

「いや、まあ、そうだな」

「上司を呼びつける部下……」

三人のクリスを見る目が、気の毒な者を見る目へと変わる。

そこへようやく息を切らしたネイサンがクリスの横へと到着《とうちゃく》した。

高い背は猫背気味《ねこぜぎみ》で姿勢が悪く、細身な彼を一言で表すのなら『ヒョロヒョロ』といったところか。

クリスの前にあった水の入ったコップを掴《つか》み、ゴクゴクと音を立てて一気に飲み干すと、フゥと大きく息を吐いてから徐《おもむろ》に、

「クリス様！　大変です！」

と声を上げた。

何というか、申し訳ないが彼が言うとあまり大変そうに聞こえないのはなぜだろう。

「いや、お前がここに走ってきている時点で何かあったのは分かっているんだが、一体どうした？」

「クライサ様が屋敷《やしき》に到着しました！」

「……はい？」

「しかも、こちらに向かっております！」

クリスの顔からみるみる血の気が引いていき、

「よりによって、なんでアイツが来るんだよ。本当にもう勘弁《かんべん》してくれ……」

俯《うつむ》きながら両手で顔を覆《おお》い、溜息混じりに呟《つぶや》いた。

リリアーナ達は何が何だか分からず話に入っていけないため、二人の会話を静かに聞いているしかない。

「この学園は学生と許可証のある者しか園内に入ることは出来ない。このままだとアイツは絶対に警備の者と騒《さわ》ぎを起こす。その前に合流する！」

クリスはガバッと音がしそうな勢いで顔を上げるのと同時に立ち上がる。

「すまないが、午後の授業には参加せずに屋敷に戻る！」

そう言って、クリスは慌《あわ》ててネイサンを連れて走っていってしまった。

リリアーナ達はただ呆然《ぼうぜん》とその背中を見送った。

「一体何だったんでしょうね？」

リリアーナの言葉にエリザベスは「さあ？」と首を傾げる。

「クライサ様と仰《おっしゃ》っていましたが、どなたなのでしょう？」

「分かりませんが、激しく嫌《いや》な予感しかしませんわ」

「ん。リリに同感」

クロエも困ったように頷きながら、疑問を口にする。

「もしかして、クリス様が私達に話したいこととは、そのクライサ様についてだったのでは……？」

「そうかもしれないし、ウシノコクマイリの犯人が見つかったって話かもしれないし？　まあ本人がいないんじゃ話は進まないし、落ち着いたらクリス様から話してくれるでしょ」

「……そうですわね。クリス様のタイミングで話してくださるのを待ちましょう」

クリスとはクラスが違《ちが》うため常に気遣《きづか》うことは難しいが、出来るだけ様子を見つつ、力になれたらと思うのだ。

少ししんみりした雰囲気《ふんいき》を払拭《ふっしょく》するように、エリザベスがニヤリと笑ってリリアーナの髪留めを指差した。

「それより、リリ？　説明！」

「ほえ⁉」

すっかり忘れていたリリアーナは、思わず淑女《しゅくじょ》らしくない変な声を出してしまった。

「そうね、話はウィリアム殿下《でんか》がリリをタウンハウスに迎えに来たところからでいいからね」

エリザベスの言葉に『ほぼ全部ではありませんの？』と思いはしたが、仕方なく頬を朱く染めながら話を始めたのだった。

「殿下の手作り!?」

エリザベスとクロエが驚きに目を丸くしている。

「ええ。これを作るために街の工房《こうぼう》に通われていたそうです。その、それを私が女性に会いに行っているのだと勘違《かんちが》いをしてしまって……」

「まあ、後からああでもないこうでもないと言っても仕方ないことだけど、リリの早とちりときちんと問い質《ただ》すことをしなかったところは悪かったと思うし、殿下が嫉妬《しっと》してリリに八つ当たりしたのと嘘《うそ》をついたことは悪かったと思う。お互《たが》い悪いところがあって謝罪し合ったなら、この話はもうお終《しま》いね。……ってことで、その髪留め見せてくれる？」

リリアーナは髪留めを外すとテーブルの上にそっと置いた。

エリザベスとクロエは顔を近付けて凝視《ぎょうし》している。

素人《しろうと》が作ったという割には上手に出来上がっている。

「素敵《すてき》ですわ！」

クロエが瞳《ひとみ》をキラキラさせている。

「リリの瞳の色と殿下の瞳の色の石がしっかり使われているわね」

俺のものアピールがすごいと思いつつ、エリザベスは「よかったね」と言ってリリアーナの頭を撫《な》でる。

「そうそう、週末のお茶会の予定は大丈夫《だいじょうぶ》？」

クロエの方へ向けてエリザベスは言った。

週末にクロエの屋敷の庭でお茶会をする約束をしているのだ。

「はい、エリー様とリリ様に見て頂くんだと、庭師が張り切って庭木の剪定《せんてい》と花の手入れをしておりますわ」

「楽しみですわね。美味《おい》しいお菓子《かし》を持っていきますわ」

「じゃあ、私もリリと被《かぶ》らないお菓子を持ってく」

「では、とびきり美味しい紅茶をご用意致《いた》しますわ」

三人は顔を見合わせてうふふと楽しそうに笑った。


「わぁ、素敵なお庭」

「うん、何だか落ち着くね」

クロエの屋敷の庭はさほど広くはなかったが、なだらかな曲線を使った自然風景のようだな、けれどもきちんと計算され手入れしていると分かる可愛らしい素敵なお庭だった。

小さな白い四阿《あずまや》にはピンクの可愛らしい薔薇《ばら》を上手に絡《から》めており、感嘆《かんたん》の声が上がった。テーブルの上にはリリアーナとエリザベスが持ってきた、色とりどりの素材をちりばめたチョコレートや瑞々《みずみず》しいフルーツがたくさん乗ったタルトが置かれ、クロエの用意した香りのいい紅茶を使用人が淹《い》れている。

美味しいお菓子と紅茶に素敵な庭が揃ったら、後は話に花が咲《さ》くだけである。

三人が女子会を楽しんでいると、突然《とつぜん》使用人の女性が慌てた様子で駆《か》け寄《よ》ってきた。

「お嬢様《じょうさま》、クライサ・カサンドラと仰る方がお見えですが……」

「クライサ・カサンドラ様？　どなたかしら？　そのような方とお約束はしておりませんけれど……」

クロエが困ったように片頬に手を当てて小首を傾げる。

「……何だかそのお名前を、どこかで耳にしたような気が致します」

リリアーナは何となく嫌な予感に眉《まゆ》を顰《しか》める。

「うん、けっこう最近耳にしたような……」

「言われてみますと、私もつい最近……」

三人が顔を見合わせていると、何やら騒がしい声が聞こえてきて、段々こちらに近付いてくるように感じる。

声のする方を見ていると、真っ赤で派手なドレスを纏《まと》った黒髪黒目の女性がこちらに向かって歩いてくるのが見えた。

周りは必死に彼女を止めようとしているが、淑女に触《ふ》れるわけにはいかないため、止めるに止められないといった感じか。

ズンズンと進んで四阿のところまで来た彼女は、勝手に自己紹介《しょうかい》を始めたのだ。

「東国のカサンドラ伯爵《はくしゃく》家の長女、クライサと申します。クリス・イェルタンの婚約者《こんやくしゃ》ですわ」

「「「婚約者っ⁉」」」

リリアーナ達三人は、突然現れたクリスの婚約者だという女性に驚き、目を丸くした。

ゴードン邸《てい》の素敵な庭の一画にある四阿で行われているお茶会に、なぜか自称《じしょう》クリスの婚約者も参加することになった。

「クリス様は侯爵《こうしゃく》家《け》の次男ですが、イェルタン家は子爵《ししゃく》位も持っているため、結婚《けっこん》後はクリス様が子爵位を継《つ》ぐことになっておりました」

「はあ」

エリザベスが『なぜこうなった』とばかりに、力なく頷いている。

リリアーナとクロエも下手に何か言うと面倒《めんどう》くさそうだと、聞き役に徹《てっ》することにした。

「ところが、事情が変わりました」

そこまで言って、クライサは喉《のど》が渇《かわ》いたのか、紅茶に手を伸《の》ばす。

そこで止められると何だか続きが気になるというもの。

三人の目が早く続きをと物語っているが、クライサはシレッと無視するように、あくまでもマイペースである。

「クリス様が留学して少ししてから、クリス様の兄であるローマン様がやらかしましたの」

ようやく話しだしたと思えば、今度はテーブルの上に置かれたお菓子に手を伸ばす。

「あら、これ美味しいわね。国へ戻る時に大量に買って帰りましょう」

嬉《うれ》しそうにそう呟くと、彼女が連れてきた侍女《じじょ》に、

「ミイナ、どちらのお店のものか調べておいてちょうだい」

と指示を出している。

「それは王室御用達《ごようたし》『ビオ』のチョコレートですわ。ビオは厳選された素材のみを使用した最高級品質のチョコレート専門店ですのよ」

王宮で扱《あつか》っているお菓子について誰よりも詳《くわ》しいリリアーナは、思わず口を挟《はさ》んでしまってから、はたと気付く。

違う、そうじゃないと。

早く続きを聞きたかったのに、お菓子の話をしてどうすると、心の中でツッコミを入れ

るが、クライサはお菓子の話にスイッチが入ってしまったようだ。

「あなた甘いものには詳しそうね？　他にもオススメはあるの？」

「ええ。焼菓子でしたら『レ・メル』がオススメですわ。こちらも厳選した素材を使っていて、尚且《なおか》つヘルシーなんですのよ？　罪悪感を覚えることなく食べられるのが最高ですわ！」

　聞かれて答えないのも失礼にあたるため話しだすが、リリアーナもスイッチが入ってしまったのか熱く語りだしてしまう。

「まあ！　罪悪感なく食べられるのね。素晴《すば》らしいわ！　そちらも買って帰るお菓子のリストに入れておいてちょうだい」

「畏《かしこ》まりました」

「他には？　他にもあなたのオススメはあって？」

「他には……」

「ちょ、ちょっと待ってください。お菓子の話は一旦《いったん》置いておいて、続きをお願いします！　続きがすごく気になるんです!!」

　エリザベスの言葉に、話を聞いている途中《とちゅう》だったことを思い出す。

　中途半端《ちゅうとはんぱ》に待たされていたエリザベスとクロエに謝罪し、リリアーナはクライサに続きをお願いした。

「えっと、どこまで話したかしら？」

「クリス様のお兄様がやらかしたと」

「そうそう、それね。ローマン様は次期侯爵として公爵家《こうしゃくけ》の令嬢《れいじょう》と婚約しておりましたの。もちろん政略ですが、お二人の仲は悪くなかったんですのよ？　でも、ある時ローマン様が気分転換《てんかん》にお忍《しの》びで街に出て、店先で男に絡まれてる女性を助けたそうなの。……護衛がね（ボソッ）。あ、お店っていうのは彼女の実家がやっている花屋さんね？　その時はお礼を言われてそれで終わったらしいのだけど、数日後にまたお忍びで出掛《でか》けた時に彼女にバッタリ出会って、『運命だ』って思い込んだみたいなの」

アホよね、とクライサは嗤《わら》う。

「小説の読みすぎ？」

呆《あき》れたようにボソリと呟くエリザベスにクライサは同意するように頷く。

「本当にね。まあ、『運命』というのも強《あなが》ち間違《まちが》ってはいないと思うわ。だって高位貴族の嫡男《ちゃくなん》と庶民《しょみん》が知り合うチャンスなんてまずないもの。まあそれが実るかどうかは別としてね。とにかく二人して盛り上がっちゃったみたいで。そういう時って、誰が何を言っても聞かないでしょう？」

「そうね。余計に燃え上がるだけでしょうね」

「ええ。それで王城のパーティーで婚約破棄《はき》を宣言しちゃったのよね」

婚約は謂《い》わば家と家の契約《けいやく》である。

それを破棄するのであれば、それ相応の理由が必要であり、場合によっては賠償金《ばいしょうきん》が発生する。

一方的に『婚約を破棄する』と言って『はい、分かりました』で済むことではないのだ。

ましてや相手は格上の公爵家令嬢である。

「頭沸《わ》いてるの？」

思わずエリザベスの口から出た言葉も仕方のないものがある。

「ええ、当然正気の沙汰《さた》とは思えませんわよね。公爵家には三男一女の子息令嬢がおりますが、現公爵様は唯一《ゆいいつ》の娘《むすめ》を溺愛《できあい》されております。その令嬢が大衆の面前で恥《はじ》をかかされたのです」

クライサはまた喉が渇いたのか、紅茶に手を伸ばす。

「廃嫡《はいちゃく》……かな？」

「廃嫡でしょう。ご令嬢が新たな婚約者を探すのは大変でしょうし、賠償金が恐《おそ》ろしいことになりそうですわね」

「そうなると、侯爵家を継ぐのはクリス様ということに……？」

リリアーナ達がコソコソと話していれば、カップをソーサーに戻したクライサが話に入
「「「ええっ⁉」」」

ってくる。

「ええ。ローマン様は廃嫡が決まりました。そして仰る通りご令嬢が新たな婚約者を見つけるのは困難ですわ。良家の子息には既に婚約者がおりますから。そこで公爵様は、イェルタン侯爵家に婚約者のすげ替《か》えを提案されました。ローマン様の代わりに、クリス様と新たな婚約をさせろと仰ったのですわ。私という婚約者がいるのに、それは破棄しろと。そんなこと許せるはずがないでしょう？」

クライサは無表情でそう言った後、爆弾《ばくだん》発言を放った。

「ですから、私。クリス様と既成《きせい》事実を作るためにこの国へ来ましたの」

「「「……」」」

「でも、そうする前に問題が起こりました」

クライサの黒い瞳の奥にある仄暗《ほのぐら》さに、リリアーナ達は背中に汗《あせ》がツツーッと伝うのを感じた。

「実はクリス様の従者の中に、私の手の者が数名紛《まぎ》れておりますの。諜報《ちょうほう》系に特化した者達ですので、ちょっと調べたくらいでは分からないでしょうね」

そう言ってクライサは、リリアーナ達を順にゆっくりと鋭《するど》い目で見た。

まるでお前達が調べていたのは知っているぞと言われているようだ。

クライサはそのまま話を続ける。

「彼らを潜《ひそ》み込ませた理由は遠く離《はな》れた地で、彼がおイタをしないようにですわ。報告によると、クリス様には同性ではなく異性のお友達が出来たと言うではありませんか。まあ、時々ランチやカフェに行く程度ということでしたから、クリス様には忠告だけしておこうと思いまして。それでウシノコクマイリを成就《じょうじゅ》の一歩手前までやらせましたの」

不気味にうふふと笑うクライサに、三人の心はリンクした。

『犯人はお前かっ‼』と。

そしてこのようにクライサが押しかけてきたのは、リリアーナ達に対する『警告』であると。

何にしても、この自称クリスの婚約者はかなりの危険人物であろう。

出来ればというより、絶対に関わったらいけない部類のお方だ。

少し前にウィリアムから危険な場所、あるいは危険なものに近付かないでくれと言われたことがあったが、今がまさにその危険な状況《じょうきょう》なのではなかろうか。

「お三方には決まったお方がおられますわね？」

激しく首を縦に振《ふ》る三人。

正確に言えばクロエに決まった婚約者はいないが、心はダニエル一択《いったく》である。

「それはよかったですわ。クリス様につきまとうような羽虫は、即刻排除《そっこくはいじょ》しなければいけませんものね？」

口角は上がっているが全く友好的でないその笑顔《えがお》に、冷や汗が止まらない。

「まあそういうわけですから、クリス様は留学途中ですが、数日のうちに緊急《きんきゅう》帰国することになりますわね。これから帰国準備に忙《いそが》しくなりますので、彼から挨拶《あいさつ》に伺《うかが》うことは出来ませんの。ですから彼の婚約者として、私よりお礼申し上げますわ。短い間でしたが彼と仲良くして頂き、ありがとうございました」

そう言ってクリスの自称婚約者であるクライサは、侍女を連れてゴードン邸を後にした。

クライサの後ろ姿が完全に見えなくなり、ようやくリリアーナ達は自分達が浅い呼吸をしていたことに気付く。

「こ、こっわ～！」

両腕《りょううで》をさすりながらエリザベスが半ば叫《さけ》ぶように言う。

「こ、殺されるかと思いました……」

クロエは若干涙目《じゃっかんなみだめ》である。

物理的な怖《こわ》さよりも、ああいった精神的な怖さの方が後からジワジワと恐怖心《きょうふしん》が膨《ふく》れ上がるわけで、人によってはきっとトラウマものだろう。

「クリス様は今日クライサ様がここへ来ることをご存じだったのかしら？」

「知っていても止められなかったんじゃない？」

「うちの使用人も止められませんでしたわ」

クロエは申し訳なさそうにシュンとしている。

「あれは仕方がありませんわ……」

初めて彼女を目にしたリリアーナ達にも、彼女を敵に回すことがどれだけ危険なことかは理解出来た。

クライサのあの仄暗い瞳は、一度目にしたら恐怖でしかないのだ。

「クリス様、もう学園には来ないのかな……」

エリザベスの言葉に、リリアーナもクロエも答えることが出来ない。

先程クライサは『クリスは緊急帰国する』と言っていたのだ。

挨拶をする時間がないとも言っていた。

これは裏を返せば『挨拶をさせる気はない』ということだろう。

学園への手続きも帰国準備も、全て彼女主導で行われるに違いない。

口にはしなかったが、リリアーナ達は今後クリスに会うことはないだろう予感がしていた。

クリスがザヴァンニ王国へ留学してきて数カ月。

短い間ではあったが、彼とは良い友人関係を作れていたと思っている。

せっかく仲良くなれたのに、ここでプッツリ縁《えん》が切れるのは寂《さび》しい。

それに、結局クリスがリリアーナ達にしたかった話が何なのかも気になる。

だが、クライサが彼の後ろについている限り、今後の付き合いは相当制限されることだろう。

手紙を出したとして、中身はチェックされるに違いない。

下手に誤解を生むような表現をしようものなら、クライサに呪《のろ》われそうだ。

クリスが婚約者がいないように振る舞い、嫁《よめ》探しに来たと言っていたのは、クライサから逃《のが》れたかったからなのかもしれない。

だから、思う。

これからの彼の人生はとっっっても大変だとは思うが、どうか幸せになってほしいと。


「今日はゴードン邸でお茶会だったのだろう？　楽しめたかい？」

リリアーナを膝《ひざ》の上に乗せて、蕩《とろ》けるような笑みを浮かべるウィリアムの言葉に、リリアーナは少しだけ困ったような表情を浮かべる。

「ゴードン邸のお庭はとにかく素晴らしいの一言でしたわ。お茶菓子も紅茶もエリー達との会話もとてもよかったのですが……」

「何かあったのか？」

「ええ。実はクリス様の婚約者だと仰る方がいきなり現れまして……」

「は？　婚約者？」

ポカンとした表情のウィリアム。

「クリス様からは何も聞いておりませんが、自称婚約者のクライサ様が仰るには、クリス様のお兄様が庶民の方と真実の愛に目覚められて、王城のパーティーで婚約破棄騒動《そうどう》を起こしたらしいですわ」

「は？　婚約破棄？」

「結果クリス様のお兄様は廃嫡が決まり、クリス様が侯爵家を継ぐことになるそうなのですが、お兄様の元婚約者側の公爵家から婚約者をクリス様にすげ替えるよう要望されたらしいのです。クリス様にはクライサ様がいるのに。そういったわけでクリス様は数日のうちに緊急帰国されるようですわ」

「……そうか」

何とも言えないような、それでいて少しホッとしたようにも見えるウィリアム。

リリアーナは小首を傾げるも、話を続ける。

「それで、例のウシノコクマイリの件ですが」

「クリスが対象の呪いか」

「ええ、それですわ。実はクライサ様がクリス様の従者の中に手の者を送り込んでいたそうで、自分のいない他国で悪さをしないようにという警告の意味でやらせたそうですの」

「それは何ともはた迷惑《めいわく》な……。だが、婚約者のすげ替えが起こるならクリスとクライサ嬢は婚約解消になるのではないか？」

「そこが複雑でして、クライサ様はこの件に納得《なっとく》しておらず、クリス様と既成事実を作るためにこの国まで押しかけたそうですわ」

その言葉に、ウィリアムが若干引いたような顔になる。

もともと女性が苦手なので、こういった女性ならではの企《たくら》みを聞くと引いてしまうのは仕方ないだろう。

「当然、私達がクリス様と親しくしているのも存じておられたので、釘《くぎ》を刺《さ》されたのですが、何とか凌《しの》ぎましたわ」

「何だと⁉　リリ、そのクライサ嬢に何かされなかったか⁉」

「私達三人には決まった相手がいるとお伝えしましたから、大丈夫ですわ。ですが、クリス様とはもう会えないかもしれません。何か話したいことがあるようでしたのに……」

何もなくてよかったとウィリアムがホッとする一方で、リリアーナはしょんぼりと俯いた。

ウィリアムとしても、クリスという面白《おもしろ》くない存在がいなくなることには安心するが、彼の今後は大変そうだと少し不憫《ふびん》に思った。

けれど、危険なクライサ嬢に目を付けられたら大変なので、今後クリスと会えなくなるのは仕方のないことだろう。

ウィリアムは暗くなった空気を払《はら》うように、話題を変えた。

「そうそう、ゴードン家といえば、前から頼《たの》まれていたダニーを紹介するという話だが……」

「時間が取れそうですの⁉」

ウィリアムの言葉を遮《さえぎ》って飛びつく勢いでそう言ったリリアーナの瞳は、期待でキラキラとしている。

「ああ、今度の週末だが久しぶりにダニーが休みを取れそうなんだ」

「では、クロエには週末の予定を開けてもらうようにお願いしておきますわね」

「ダニーにクロエ嬢を紹介した後、久しぶりに二人でデートをしないか？」

「デート、したいです！」

思わず令嬢らしくない大声を上げてしまったことに、羞恥《しゅうち》で頰を朱く染める。

ウィリアムは目尻《めじり》を下げてリリアーナの頭を撫でながら、額に口付けた。

「ほぇあ！」

いきなりのウィリアムの口付けに、驚いたリリアーナは更《さら》に令嬢らしくない声を上げてしまい、あまりの恥ずかしさに顔を俯かせて両手で覆う。

ウィリアムはクックッと笑いながら、「二人の見合い会場はカフェの個室にしよう」と言った。

リリアーナは両手を顔から外して顔を上げ、

「カフェの個室ですか？」

キョトンとした顔で聞く。

その顔も可愛いななどと思いながら、ウィリアムは今回のお見合い＆デートの計画を話しだした。

四人でカフェに集合し、そこでブランチを楽しみつつダニエルとクロエを紹介し、ある程度打ち解けたらウィリアムとリリアーナはデートに向かい、ダニエルとクロエは今話題の芝居《しばい》を観《み》て感想を語らいつつディナーを楽しんでもらうというものである。

リリアーナはその話に喜んで飛びつき、カフェの個室予約とお芝居のチケットの予約をモリーに手配してもらうのだった。

かなり長く待たせることになってしまったが、リリアーナはようやくクロエにダニエルを紹介することが出来ると、満面の笑みを浮かべた。

幕間◆逃がしませんよ？

「スー、ハー、スー、ハー」

先程から胸に手を当てて、落ち着かせるためにだろう深呼吸を繰《く》り返《かえ》すクロエの姿があった。

「クー、今からそんなで大丈夫《だいじょうぶ》ですの？」

リリアーナは心配そうに声を掛《か》けるが、

「大丈夫ですわ。ようやく筋肉様にお目に掛かることが出来ますのよ？」

嬉《うれ》しそうにそう返すクロエに、リリアーナは苦笑《くしょう》している。

本当であればこの場にはウィリアムもいるはずだったのだが、急な仕事が入ってしまい来られなくなってしまったのだ。

ウィリアムが無理矢理休もうとすれば今度はダニエルのお休みがなくなってしまい、今日のお見合いが出来なくなってしまう。

それでは意味がないと、ウィリアムはダニエルとクロエのため、それに何よりもこの計画をずっと待っていたリリアーナのため、王宮で忙《いそが》しく働いていた。

当初の計画とは違《ちが》いリリアーナとウィリアムのデートはなくなってしまったが、ダニエルとクロエの芝居《しばい》のチケットもちゃんと入手してあるので、そちらは計画通りにすればよいだろう。

ダニエルにクロエを紹介《しょうかい》したら、邪魔者《リリアーナ》はさっさと退散しようと思っている。

二人がうまくいってくれたらいいな、などとなぜか昨夜は緊張《きんちょう》でよく眠《ねむ》れなかったのだが、当のクロエはしっかり眠れたらしい。

待ちに待ったこの日のために、クロエは精一杯《せいいっぱい》のお洒落《しゃれ》をしている。

といっても、平民風のワンピース姿ではあるが。

儚《はかな》げで守ってあげたいと思わせるその雰囲気《ふんいき》に、歩きながらもチラチラとあちらこちらから男性の視線が鬱陶《うっとう》しい。

約束の時間より三十分程早く着いてしまった二人は、とりあえず紅茶を注文しつつダニエルを待つことにした。

幼なじみ兼《けん》上司のウィリアムから、リリアーナ嬢《じょう》の友人を紹介するから当日は絶対に遅《ち》刻《こく》するなと言われたのがつい三日程前のこと。

何だかその言い方だと、俺がしょっちゅう遅刻しているみたいじゃないかと若干《じゃっかん》イラッとしたのだが。

「何だか今紹介と聞こえた気がしたんだが？」

「ああ、そう言ったからな」

「誰《だれ》が、誰に？」

「リリーが、ダニーに、友人の令嬢《れいじょう》を紹介したいんだと」

「は？　え？　いやいやいや、嬢ちゃんの友人ってことは貴族のご令嬢だろ？　ムリムリムリ」

無表情で顔の前で片手を振《ふ》る。

ウィリアムもダニエルの言いたいことは分かっている。

貴族令嬢が好むのは線の細い綺麗《きれい》な顔立ちの子息である。

ダニエルのようなゴリゴリの筋肉はあまり好まれないのだ。

だからか、今までダニエルがお付き合いしたことのある女性はほぼ庶民《しょみん》かそれに近い令嬢である。

「次のダニーの休日、フルレットという人気のカフェで待ち合わせだ」

「待ち合わせって、俺一人で行くのか？　どんな令嬢かも知らないのに？」

「私とリリーも同席予定だから、大丈夫だ」

「何だよ、もうそこまで決まってんのかよ」

「ああ。これでお前も独り身から卒業出来るかもしれないだろう？」

ウィリアムがニヤリと笑った。

そんなことがあり断る理由もなかったため、休日の今日、待ち合わせのカフェに向かっているのだが……。

何やら子どもの泣き声が聞こえる。

「ねぇね、どこ〜」
三、四歳程の男の子がいた。どうやら迷子らしい。
辺りを見回すが、子どもを知っていそうな者はいないようだ。

「どうした、迷ったのか？」

しゃがんで子どもの目線に合わせて問えば、若干怯《おび》えて瞳《ひとみ》をウルウルさせながらも、

「ねぇね、いないの」

「ねぇねと一緒《いっしょ》に来たのか？」

子どもは小さく頷《うなず》く。

「ねぇねはどこに行くって言ってたんだ？」

「んとね、街に行くって」

「街のどこに行くのかは言ってたか？」

フルフルと首を横に振る。

「んじゃあ、ねぇねとはどこではぐれたんだ？」

子どもははぐれるの意味が分からなかったのか、首を傾《かし》げている。

「ねぇねがいなくなったのはどこだ？」

「んとね、こっち」

そう言って子どもはダニエルの手を引っ張り歩き出す。

「ここ」

子どもが連れてきて指差したのは、大衆食堂裏の箱が積まれている隙間《すきま》だった。

「ねぇねが、ここにいなさいって」

「え？　ここに？」

確かに小さな子ども一人くらいなら隠《かく》れられるスペースではあるが……。

「かくれんぼでもしてたのか？」

呆《あき》れたように言えば、

「ううん、おいかけっこ？　黒い服着たおじちゃん達が、ねぇねのこと追っかけてたよ？」

ダニエルは再度しゃがんで子どもと目線を合わせた。

「お前の名前は？」

「レヴィ」

「レヴィか。俺はダニエルだ。ねぇねを捜《さが》してもらうために、憲兵のところに行くぞ」

「けんぺい？」

「ああ、ねぇねを捜してくれる正義の味方だ」

「正義の味方！」

キラキラ瞳を輝《かがや》かせるレヴィを片腕《かたうで》で縦抱《たてだ》きして、急ぎ憲兵のいる出張所へと向かう。

ねぇねを捜してもらえると安心したのか、レヴィはキョロキョロと楽しそうに左右に広がる店を眺《なが》めている。

出張所へ到着《とうちゃく》し、憲兵にレヴィから聞いた話をすると、レヴィを保護し急ぎ『ねぇね』を捜してくれるとのことだった。

ホッとひと息つき、後のことは任せたと出張所を出ようとしたのだが、

「にゃにえる、行っちゃやだ～！」

とレヴィが駆《か》け寄《よ》りダニエルの足にしがみついた。

憲兵が何とか宥《なだ》め賺《すか》して離《はな》れさせようとしてくれるが、レヴィはますます泣き声を大きくするばかりで、お手上げとばかりにこちらを見てくる。

ダニエルはハァと小さく息を吐《は》いて、レヴィの小さな頭をくしゃくしゃっと撫《な》でた。

「仕方ないから、ねぇねが見つかるまで一緒にいてやる」

その言葉にレヴィは嬉しそうにダニエルを見上げた。

「だがな、俺は人に会う約束がある。既《すで》に待たせてしまっている状態だ。謝りに行かなきゃいけないのは分かるか？」

レヴィはシュンとして頷く。

「だから一度ここを離れなきゃいけないんだが……」

そこまで言うと、レヴィの瞳に再度涙《なみだ》が浮《う》かんできている。

ダニエルは自分が女子どもの涙に弱いことは自覚している。

「あ～、レヴィもついてくるか？」

仕方なくそう言えば、先程の涙は何だったのかと思えるほどの笑《え》みを浮かべた。

憲兵に視線を向ければ、「ダニエル様が一緒でしたら大丈夫でしょう」と苦笑しながら、レヴィを連れていくことに同意してくれた。


カフェに到着すると個室に通され、そこには頬《ほお》を膨《ふく》らませて怒《おこ》っていますと表現しているのだろうが全く迫力《はくりょく》の欠片《かけら》もないリリアーナ嬢と、いかにも貴族の子息が好みそうな儚げな美しい女性がいた。

「待たせて申し訳ない」

ダニエルが頭を下げると、レヴィも真似《まね》して「またせてみょうしわけにゃい」と、ぺこりと頭を下げる。

その姿は何とも可愛《かわい》らしい。

「あの、そちらのお子様は？」

「ああ、実はこの子は先程私が保護しました。このまま憲兵に丸投げすることは出来ません。それで、今日の約束ですが……。急で申し訳ないがキャンセルさせてもらいたい」

再度頭を下げる。

「あの、頭を上げてください。遅《おく》れた理由とキャンセルの理由をきちんと説明して頂きましたし、私はそれについて怒ってはおりませんので」

紹介されるはずの女性がそう言ったからか、リリアーナ嬢は仕方ないといった風に眉尻《まゆじり》を下げて溜息《ためいき》を一つつくと、しぶしぶといった感じで女性を紹介した。

「ダニエル様、こちらは私の大切な友人のクーですわ」

クーと呼ばれた柔《やわ》らかな笑みを浮かべた女性が、「クロエ・ゴードンと申します」と丁《てい》寧《ねい》に挨拶してくる。

その姿に思わず見とれていた俺は、レヴィに首を傾げながら「にゃにえる？」と名前を呼ばれ、慌《あわ》てて挨拶《あいさつ》し返した。

「ダニエル・マーティン……です」

するとレヴィも真似して元気に挨拶する。

「レヴィれす！」

リリアーナ嬢とクロエ嬢はそんなレヴィに優《やさ》しく微笑《ほほえ》む。

「本当に今日は申し訳なかった。お詫《わ》びに何か差し上げたいが、何か欲《ほ》しいものはありますか？」

クロエ嬢は驚《おどろ》いたような顔をしている。

「え？　そんな、お詫びなどと……」

「遠慮《えんりょ》なく仰《おっしゃ》ってください」

目の前の儚げな女性がまさか自分を狙《ねら》っているなどとはこれっぽっちも思っていないダニエル。

クロエ嬢は少し考えて、チラッと上目遣《うわめづか》いでこちらの表情を窺《うかが》いつつ聞いてくる。

「……物ではなく、お願いごとでも大丈夫でしょうか？」

「ええ。私に出来ることであれば」

「あ、あの。では、来週行われますリーベルト伯爵家《はくしゃくけ》のパーティーで、私をエスコートして頂けないでしょうか？」

「え？　パーティーのエスコートですか？」

驚いたような顔をしているダニエルに、クロエ嬢は『しまった』というような顔をした後、申し訳なさそうな顔へ変わった。

「はい。……あの、やはり図々《ずうずう》しいお願いでした。すみません、今のは聞かなかったことに……」

「いや、大丈夫です。ですが、私なんかのエスコートでいいのですか？」

これだけの容姿であれば、エスコート役など引く手数多《あまた》なのではと思い聞いてみるが、

「ええ！　もちろんですわ!!」

むしろダニエル以外のエスコートなんぞいらんとばかりに満面の笑みを浮かべている彼女を不思議に思う。

クロエが心の中で拳《こぶし》を高々と掲《かか》げているなどとは想像もしていないダニエルなのであった。


クロエは姿見の前で自身の姿を映し、これから迎《むか》えに来るであろうダニエルを想《おも》いながら、口から鼻から耳から、穴という穴から飛び出してしまうのではないかというほどに激しく脈打つ心臓を鎮《しず》めようと、胸に手を当てて大きく深呼吸を繰り返す。

姿見の中のクロエは落ち着いたラベンダーカラーのドレスに身を包んでいる。

あまり華《はな》やかすぎるものは気後《きおく》れしてしまって、いつもドレスの生地《きじ》決めの時に、何と

なく落ち着いた色のものに手が伸《の》びてしまうのだ。

その代わりと言っては何だが、少しだけデザインを凝《こ》ったものにしてもらうことが多い。

ふんわりしたプリンセスラインはあまり好きではないので、クロエのクローゼットにあるドレスはほぼAラインかエンパイアラインのものである。

今日のドレスはやはりAラインだが、シンプルな中にも後ろの腰《こし》部分にある素材違いのリボンは、特にこだわった部分であり気に入っている。

おかしな部分がないかクルッと一周回ったところでクロエの部屋の扉《とびら》がノックされた。

ダニエルが到着したようだ。

緊張に震《ふる》える足を何とか前に前に出しながら、クロエはダニエルの元へ向かった。

「クロエ嬢、とてもよく似合ってますね」

そう言って照れたような笑みを浮かべるダニエルに、クロエも恥《は》ずかしそうに朱《あか》くなった頬に両手を当てながら、はにかむような笑みを向けた。

「ダニエル様こそ、その、とても素敵《すてき》です」

いつもの騎士《きし》服ではなく黒のタキシード姿も、その下に隠れている筋肉を想像して悶《もだ》え死《じ》にしそうになるほどに素敵だとクロエは思う。

……決して口には出さないが。

儚げなはずの娘《むすめ》がまさかそんな妄想《もうそう》をしているなどとは知らない父と母に挨拶をして、

ダニエルのエスコートで馬車へ乗り込む。

「先日お待たせする原因になった件ですが……」

「ええ、レヴィくんでしたかしら？」

「ええ、あの後レヴィの姉は無事保護されました。随分《ずいぶん》お待たせしたあげくに、予定をキャンセルするなど迷惑《めいわく》をお掛けして、本当に申し訳なかった」

「いいえ、代わりにこうしてエスコートして頂いておりますから、もう謝罪はいりませんわ。それよりも、そのレヴィくんのお姉様を追いかけていたという大人は何者だったのでしょう？　そちらが気になりますわ」

「ああ、彼らの両親がレヴィを裕福《ゆうふく》な商人の家に、里子という名目で売ったらしい。それを知ったレヴィの姉が、レヴィを売らせないために連れて逃げたそうです。だが子どもの足ではすぐに追いつかれてしまうので、レヴィを隠して逃げていたと。小さいながらも頭のいいしっかりした姉でしたよ。追いかけていたのはレヴィを引き取りに来た商人の家の者でした」

「まあ……。子どもを売らねばならないほどに苦しい生活をされていたのかしら？　レヴィくんとお姉様が離れればなれにならずに、一緒にいられることを願わずにはいられませんわ」

「そうですね。今回の騒《さわ》ぎで里子の話はなかったことになったそうだが、もう二度と子どもを売るような真似をしないでほしいし、そうならない未来を作っていかなければならないと思っています」

その後もウィリアムとリリアーナの話やクリスから聞いた東国の話など、他愛のない話を続けていれば、あっという間にパーティー会場であるリーベルト伯爵家へと到着した。


「本日はお招き頂き、ありがとうございます」

揃《そろ》ってリーベルト伯爵の元へ挨拶に向かう。

ダニエルのエスコートで、いつもと違って心からの笑みを浮かべるクロエ。

それを目の当たりにしたリーベルト伯爵とその子息は、歓迎《かんげい》の言葉を口にしながらも少し残念そうに見えるのは、このパーティーが息子《むすこ》の婚約者《こんやくしゃ》を見つけるために主催《しゅさい》したものだからであろう。

クロエは子爵家《ししゃくけ》と下位貴族ではあるが、貴族の子息が好む容姿をしている。

きっと有力候補のうちの一人であったのだろう。

とはいえ、リーベルト伯爵子息はいかにも貴族といった線の細い方なので、クロエの方は全く興味がないのであるが。

クロエの家は子爵位であり商売に力を入れているわけでもないため、パーティーへの参加回数はリリアーナやエリザベスに比べて圧倒的《あっとうてき》に少ない。

こういった華やかな場はあまり得意ではないが、ダンスは結構、いや、だいぶ好きだったりする。

ダンスは本来婚約者であれば続けて二曲、夫婦《ふうふ》であれば続けて三曲以上踊《おど》ることが出来るが、裏を返せば婚約者や夫がいない令嬢は同じ相手と続けて踊ることは出来ないのだ。たくさん踊りたければその都度相手を変えて踊るしかない。

『なんて面倒《めんどう》くさい』とクロエは思う。

ダンスは好きだがヒョロヒョロの子息と踊るのはご免《めん》だと、クロエはパーティーへ出席してもほとんど踊らず、早々に帰っていたのだ。

なので、クロエが実はとてもダンスが上手であることを知っている者は少ない。

ぼんやりと楽しそうにダンスする子息令嬢を見ていると、やはり踊りたい。その気持ちに気付いたのか、ダニエルがそっと手を差し出す。

「クロエ嬢、私と踊って頂けますか?」

「はい、喜んで」

クロエは花が咲《さ》くような笑みを浮かべて、ダニエルの大きな掌《てのひら》に自身の小さな手をそっと重ねる。

ダニエルはそんなクロエの様子にホッとしたように小さく口角を上げ、丁寧にエスコートしつつ、ホールの中心より少しだけ目立たない場所へスルリとうまく入り込んだ。

ウィリアムとリリアーナほどではないにしても、ダニエルとクロエもなかなかに身長差がある。クロエの目の高さはダニエルの鎖骨《さこつ》辺りだ。

最初は緊張に視線を上げることが出来ずぼんやりと見ていたクロエだったが、自然と視界に入ってくる広い肩幅《かたはば》、厚い胸板《むないた》、太い腕に気付いてしまったらもう、ここぞとばかりに凝視《ぎょうし》する以外の選択肢《せんたくし》はなかった。

『眼福』

まさにこの言葉がピタリと当てはまる。クロエは、心の中で『ありがとうございます！』と何度も感謝の言葉を述べつつ、ダニエルの筋肉にウットリしながらダンスを楽しむ。

そんなクロエの頭上から、ぎこちない声が降ってきた。

「クロエ嬢はダンスがお上手ですね」

「ありがとうございます」

クロエは顔を上げてダニエルと視線を合わせる。

身長差に少しだけ首が痛いような気がしないでもないが、少し頬を紅潮させつつ優しく笑みを向けるダニエルに、そんなものは一瞬《いっしゅん》のうちにどこかへと飛び去っていったのだが……。

「こちらに到着してからも今も、あなたに熱い視線を向ける子息はとても多い……。殿下《でんか》とリリアーナ嬢からあなたのような素敵な方を紹介して頂いたのはとてもありがたいことで、私もつい浮かれてしまいましたが。なにも私のようなむさ苦しい者でなくとも、あなたならば選《よ》り取《ど》りみどりでしょう？　無理をなさらず、断って頂いて構いません。私はこうして一緒に踊って頂けただけで役得ですので」

ダニエルの優しい笑みが少し困ったような笑みに変わった。

「え？　待ってください。どうして私がダニエル様をお断りするなど……」

なぜ？　どうして？　クロエの頭の中でその二つの言葉がグルグルと回る。

やっと見つけた至宝の筋肉様であるダニエルを自分から手放すなど、そんな馬鹿な真似をするなど絶対にあり得ない。

だがダニエルは、貴族令嬢にはゴリゴリの筋肉ははっきり言って好まれないことを理解しており、クロエもそうであると決めつけてしまっていたのだ。

それは今までのダニエルの経験からくるものであり、誰にも責めることは出来ないだろう。ちなみに庶民の間では一定数そういった体躯《たいく》を好む者がいる。

ダニエルの中では好印象のクロエであったが、方々からのクロエに向ける熱い視線に気付き、貴族令嬢の中でも華奢《きゃしゃ》で儚げなクロエは、もしかしてこの話を断れなかったのではないかと思ったのだ。

自国の王太子と友人であるその婚約者から頼《たの》まれたなら『否』とは言えないだろう。

そんな勘違《かんちが》いからの先程《さきほど》の台詞《せりふ》なわけだったのだが。

顔色の悪くなったクロエに気付いたダニエルは、タイミング良く曲が終わったことで、クロエの手を引いてゆっくりバルコニーへと向かう。

バルコニーへ出ると会場内の熱気から解放され、時折吹《ふ》く風が心地《ここち》いい。

窓一枚隔《へだ》て、うっすらと楽団の奏《かな》でる曲が聴《き》こえる。

「クロエ嬢、大丈夫ですか？」

心配そうに覗《のぞ》き込んでくるダニエルに、クロエは視線をしっかりと合わせた。

「ダニエル様は、私と一緒にいるのはお嫌《いや》ですか？」

「は？　え？」

「殿下とリリ様がダニエル様に私を紹介したのではありません。私が殿下とリリ様に、ダニエル様を紹介してほしいと頼みましたの」

ダニエルは驚きに口をポカンと開けている。

その顔を見て、クロエはリリアーナが彼を『残念イケメン』と言った意味が分かった気がした。

だが、そんな表情ですら可愛いと思えるほどに、クロエのダニエルへの想いはどんどん膨らんでいく一方なのだ。

それほどにダニエルを慕《した》っているというのに、断っていいなどという言葉を聞かされるなんて……。

「ですから、お断りされるとしたら、ダニエル様ではなく、私の方ですわ……」

他の誰に好意を向けられようとも、本当に欲しいと思う人から好意が向けられなければ意味がない。

泣きたい気持ちと、情けなさに笑いが込み上げてくるのとで、クロエの心の中はグチャグチャだった。

ダニエルの瞳に映るクロエは、まるで迷子の子どものような顔をしていた。

とはいえ、クロエは儚い雰囲気美人ではあるが、本当に儚いわけではない。

何と言ってもあのリリアーナのご学友である。

ここで簡単に諦《あきら》めるような令嬢ではないのだ。

(絶対に逃《に》がしませんわ！)

クロエの中で捕食者《ほしょくしゃ》スイッチが完全に入った瞬間《しゅんかん》。

クロエはダニエルと合わせていた視線を外して下へ向け、瞬《まばた》きを止めた。

「ご迷惑でしたか？」

小さいがしっかりと聞こえるような声量で、ダニエルへ問う。

こう聞かれて本人を目の前にして『迷惑だ』と答える者はいないだろう。

瞬きを止めたことによって目が乾燥《かんそう》で潤《うる》んでくる。だが、まだ足りない。

いい感じに潤ませるためにもう少し瞬きを我慢《がまん》すると、ダニエルが静かに答える。

「……迷惑だなんて、思うはずがない」

(ダニエル様、素晴《すば》らしいタイミングですわ！)

クロエはせっかく溜《た》まった潤みを零《こぼ》さぬようにゆっくり視線を上げると、瞳の先でダニエルの姿がぼんやりと霞《かす》んでいる。

それは所謂《いわゆる》『涙が零れる一歩手前』の状態であった。

ちなみに視線が合う少し手前で顔を上げるのをやめて、あからさまにならないよう、ほんの少しだけ上目遣いになるように調整している。

クロエの瞳にうっすらと張られた涙の膜《まく》に、ダニエルが慌てる。

「ク、クロエ嬢!?」

「……本当ですか？」

「え？」

「ご迷惑でしたら今のうちに仰ってください。私はあなたに、あなたにだけは嫌《きら》われたくはありませんもの」

クロエは儚げに微笑みつつ、ここで徐《おもむろ》に瞬きをする。

ツツーッと頬を伝う一粒《ひとつぶ》の涙。

「クロエ嬢……」

ダニエルは恐《おそ》る恐《おそ》るその大きな右手をクロエの頬へ持っていき、優しく親指で涙を拭《ぬぐ》う。

「わた、私は、あなたを、ダニエル様をお慕いしております。……私では、ダメですか？」

ダニエルの手の上から自分の手を重ね、視線はダニエルへ向けたまま、瞬きの回数を極力減らす。あくまでも不自然にならない程度に。

ダニエルのゴクリと唾《つば》を飲み込む音がする。

「私は貴族令嬢の好むような美しい容姿ではありません」

困ったような顔で、静かにダニエルが言った。

貴族令嬢が好むような容姿は、クロエにとって全く魅力《みりょく》のない容姿だということを、まだ知らないのだから、そう思われても仕方がないのであろう。だから、

（これからはダニエル様の筋肉がいかに素晴らしいかを、私がじっくりと語って差し上げますわ！）

クロエは心に誓《ちか》った。

「私は、どんなに美しい容姿の方よりも、その強靭《きょうじん》な肉体で守ってくださるあなたが。……ダニエル様がいいのです」

「クロエ嬢……」

ダニエルはクロエの頬に添《そ》えていない左腕で宝物を扱《あつか》うように優しく抱き寄せ、耳元で

囁《ささや》いた。

「ありがとう」


「「あざとい（ですわ）‼」」

ウットリとその時の状況《じょうきょう》を思い出しながら、両手を頬に当ててクネクネと恥ずかしがっているクロエに、リリアーナとエリザベスは遠い目をしている。

パーティーの翌日、リリアーナとクロエはエリザベスのクーパー伯爵邸《てい》に招かれていた。もちろん、クロエとダニエルがどうなったのかをクロエの口から事細かに語ってもらうためである。

残念ながら天気は曇《くも》り気味《ぎみ》のため、庭ではなくエリザベスの部屋に場所を移している。

エリザベスが最近のお気に入りだという紅茶で喉《のど》を潤《うるお》し、フゥと小さく息を吐いた。

初めてクロエの好みの男性を聞いた時に少しだけ思ってはいたが、やはりというか想像以上に、

「草食系の皮を被《かぶ》った肉食系ですわね」

とリリアーナは思わず声に出してしまったが、エリザベスがそれに同意するように頷い

ている。

「瞳を潤ませての上目遣いとか……」

「あえて一筋だけ流す涙ですとか」

「頬に添えた相手の手の上から自分の手を添えて逃《のが》さないようにするとか……」

「……クーが本気になれば、高位貴族の子息も落とせそうですわね」

エリザベスとリリアーナが小さく溜息をついていると、自分の世界から戻《もど》ってきたクロエがニッコリ眩《まぶ》しい笑顔《えがお》になる。

「ダニエル様を落とすためだけに全力で頑張《がんば》りましたの。他の脆弱《ぜいじゃく》な筋肉のために無駄《むだ》な労力を使う気は全くありませんわ」

全くブレていない。

「あ、そう……」

「そうですか……」

とはいえ、たとえあざといと言われようとも、誰にでもそうしているわけではないのだ。ダニエルだけにあざといのならば、それはそれで一途《いちず》と言える。

「あ、そうだ。なんで瞬きの回数を極力減らしたの？　そういう時って増やすもんじゃないの？」

「他の方はどうかは分かりませんが、瞬きの回数を減らすことによって、乾燥を防ぐために涙が滲《にじ》んで瞳がキラキラしますし、涙を流すタイミングも計れますわ。それに何より瞬きが減った分だけ長く見つめていられるではないですか」

「瞬きしないの？　って聞かれたら？」

「瞬きを忘れて見惚《みと》れておりましたとお答えすればよろしいかと」

「「……」」

エリザベスとリリアーナは、顔を見合わせて苦笑しつつ、

「何はともあれ、筋肉様と付き合うことになったんでしょ？　おめでとう」

「おめでとうございます」

祝福の言葉を添えた。

「ありがとうございます。これもお二人のお陰《かげ》ですわ」

「そんな、大したことはしておりませんわ」

「私なんかもっと何もしてないわよ」

「いいえ。今までエリー様とリリ様以外に好みの男性のタイプを口にすることが出来ませんでしたの。こうして色々お話を聞いて頂いて、普通《ふつう》に恋《こい》バナが出来るなんて思ってもいませんでしたから、とても嬉しかったのですわ」

曇りない笑顔のクロエは、とても綺麗だった。

帰ったらウィリアムにもいい報告をしようと、リリアーナも嬉しくなった。

第7章　クリス、帰国する

「匿《かくま》ってくれ！」

そう言って教室へ飛び込んできたのは、クリスだった。

てっきり緊急《きんきゅう》帰国しているものと思っていたリリアーナは驚《おどろ》きを隠《かく》せない。

エリザベスとクロエも目を丸くしている。

昼休みになり、これから食堂へランチの注文に向かおうとしているところだったのだ。

「クリス様、なぜ学園に……？」

「説明している暇《ひま》はない！　早くっ！」

リリアーナ達は困惑《こんわく》しながらも、とりあえずクリスを窓から見えない場所に座らせる。

するとクリスは体を丸めて膝《ひざ》に肘《ひじ》を当て、両掌《てのひら》に顔を埋《うず》めるようにして大きく息を吐《は》いた。

「アレを、どうにかしてくれ……」

小さく呟《つぶや》くクリスの様子は弱々しく、最後に会った時よりも更《さら》に窶《やつ》れているように見えた。

クリスの言う『アレ』とは、おそらく『クライサ嬢《じょう》』のことであろう。

「どうにかしてくれと申されましても……」

リリアーナ達は困ったように眉尻《まゆじり》を下げた。

クライサ本人から、もうクリスには会わせないというようなことを言われたのだ。

この状況《じょうきょう》を見られたら、確実に誤解されるだろう。

それに、あの猪突猛進《ちょとつもうしん》というか、思い込んだら一直線というか、かなりマイペースな彼女には何をどう言ってもうまく伝わる気がしない。

「クリス様、とにかく何があったのかを教えてくれない？　そうじゃないと私達も何も出来ないわよ」

エリザベスが困ったように聞き、リリアーナとクロエもウンウンと頷《うなず》いた。

両腕《りょううで》をさすりながら顔を上げると、クリスは語りだす。

「クライサがお茶会に乱入した話は聞いたよ。すまない、みんなにも迷惑《めいわく》を掛《か》けて。……それと、黙《だま》っていてごめん。彼女は俺の婚約者《こんやくしゃ》なんだ。最後にみんなと会った日、クライサが学園前まで押しかけてきて、俺はそれを止めに行った。そこまではよかったんだ。けれどその後馬車に無理矢理乗せられて、クライサが滞在《たいざい》中の屋敷《やしき》に軟禁《なんきん》されてしまって……」

「「「軟禁!?」」」

三人は驚きつつも、あのクライサならばやりかねないと顔を見合わせる。

それに『自称《じしょう》』ではなく本当に婚約者であったと、クリスの言葉により証明された。

「クライサから兄の話を聞いたと思うけど、実はあの日、みんなにその話をするつもりだったんだ。緊急帰国することになったから、もうウシノコクマイリの人形の件は気にしなくて大丈夫《だいじょうぶ》だって……。伝えるのが遅《おそ》くなって、心配を掛けてごめん」

クリスはそう言って深く頭を下げた。

「そんなことは気にしなくていいわよ！　それよりも、軟禁されてたんでしょ？　どうやってここに？」

「実は明日、帰国する予定なんだ。その前にクライサがデートしたいと言うから、街へ出《で》掛《か》けて。……その隙《すき》を見て、逃《に》げ出してきた。身の危険を、感じたんだ」

話しながらその時の状況を思い出したのか、クリスの顔色が悪くなっている。

もしや、クライサが言っていた通り、既成《きせい》事実を作ろうと迫《せま》られたのだろうか？

「クリス様はクライサ様のことをどう思っていらっしゃるのですか？」

クリスの本心はどこにあるのか確認《かくにん》しようと思いリリアーナが聞いてみれば、物凄《ものすご》い勢いで返された。

「あの女は悪魔《あくま》だっ!!　派手なものを好むだけでなく、東国の貴族令嬢《れいじょう》の中でも特にわがままで自己中心的で、性格が過激なことで有名なんだ。だから自由なうちにこの国へ留学に来て別の嫁《よめ》候補を探そうと思っていたんだ。結局兄がやらかして婚約者のすげ替《か》えの話が持ち上がったからそれでよかったんだけどな。でも公爵家《こうしゃくけ》の令嬢が俺の新しい婚約者になると聞いて喜んでいたのに、まさかそれを阻止《そし》するためにアイツがここまでやってくるなんて！」

そう言ってクリスは頭を抱《かか》える。

クライサに怯《おび》えるクリスの横で、リリアーナ達はどうしたら彼を助けられるのかを話し合っていた。

「嫁探しは本当だったんですのね……」

「クリス様がク……、あの人に見つかれば、タダではすまないよね？」

どうやらエリザベスはクライサの名前を呼ぶのも躊躇《ちゅうちょ》するほどに、あのお茶会で苦手《トラ》意識《ウマ》を植え付けられてしまったらしい。

「あの方ならば、きっと東国に帰国するまでの間に既成事実を作ろうとされるでしょうね」

「どうにかして別々に帰国する方法はないのでしょうか……？」

「イェルタン侯爵邸《こうしゃくてい》か新たな婚約者になる公爵邸に入ってしまえば、いくらあの人でも自分より高位の家に手出しは出来ないものね。だから、それまでの間どうやってクリス様の身を守るかってことだよね？」

真剣《しんけん》に悩《なや》むリリアーナ達であったが、いい答えは一向に出てこない。

「とりあえず、あの方は学園内に入ることは出来ませんから、今のうちにお腹《なか》を満たしておきましょう。いざという時にお腹が空いて逃げる力も出ないのでは困りますもの、ね？」

リリアーナの言葉に皆《みな》が頷く。

「出来るだけ人目を避《さ》けるために、今日のランチは『特別室』で頂くことにしましょう」

「え？　特別室って、王族とその許可された人しか入れないっていう、あの特別室？」

クリスが慌《あわ》てて確認してくる。

王族以外に、国内貴族の中でも少数の者しか利用したことがないと言われる『特別室』に、よそ者の自分が同席してもいいのだろうかと不安になったのだろう。

「ええ、その特別室ですわ。私も使用するのは初めてですの。まあ、卒業までの間に一度くらいは使用するのも、良い記念になりますわね」

リリアーナは出来るだけクリスが気に病《や》まぬよう、明るい口調で言った。


「……なんでお前がここにいるんだよ」

面倒《めんどう》くさそうにホセが言う。

ホセとそのご学友達がランチを食べ終えてゆっくり会話を楽しんでいるところに、突然《とつぜん》お邪魔《じゃま》させてもらったのだ。

完全リラックスモードのホセを初めて目《ま》の当たりにしたエリザベス達は、普段《ふだん》とのギャップに驚いて目と口がポカーンと開いている。

「ホセ殿下《でんか》、被《かぶ》っている猫《ねこ》が全部逃げてしまわれましたの？」

「フン、気を遣《つか》わずにいられる少ない時間を、お前とその友人のためになぜやめなければいけない」

遠回しにだが、ホセはリリアーナが連れてきた者を信用すると言っているのだ。

「うふふ、ありがとうございます。では私達もご一緒《いっしょ》させて頂きますね」

リリアーナがホセ達とは別のテーブルの席に腰《こし》を下ろすと、クリス達も申し訳なさそうに座っていく。

注文したランチが運ばれてくるまでは、しばらくかかるだろう。

その間に、クライサの毒牙《どくが》にかからずクリスを無事に帰国させる方法を考えるために、思いつく限りの案を出しては消えていく。

「馬車を使わず馬で帰国されるのは……これだけ距離《きょり》がありすぎると、現実的ではありませんわね」

「そうね。馬車で二十日の距離でしょう？　途中《とちゅう》の村や町なんかで馬を替えながら急いだところで、十日以上はかかるわね。クーの筋肉様みたいな屈強《くっきょう》な人ならともかく、クリス様の体力がもたないと思う」

「それに……あの方でしたらきっと、腕の立つ人を雇《やと》いどこか目立たないところでクリス様を拉致《らち》させそうですわね」

「「「……」」」

『やりそうだ』というより『確実にやるだろう』と皆が思った。

「では、商人の一行に紛《まぎ》れて東国へ向かわれるのはどうでしょうか？」

「う～ん、都合よくこれから東国へ向かう商人がいるかっていうのもだけど、あの人確か、クリス様の従者の中に諜報《ちょうほう》系に特化した者を潜《もぐ》り込ませてるって言ってなかった？　商会の一行にクリス様が紛れ込めたとして、すぐにバレそうな気がする……」

　クロエがおずおずと提案するも、エリザベスの答えに『確かにそうだ』と皆で頷き合う。

「諜報系の者がいるとなると、クリス様が学園に逃げ込んでいることを既《すで》にあの方に知られている可能性もありますわね」

　リリアーナの言葉にクリスの顔色が更に悪くなる。

「従者の中にアイツの手の者が⁉　そんな……俺はこれからどうしたらいいんだ？　アイツのところに連れ戻《もど》されたら今度こそ俺は……！」

　初めて知る事実に震え、再度頭を抱えるクリスにリリアーナ達は困ったように眉尻を下げながら顔を見合わせる。

「お前達は先程から一体何の話をしているんだ」

ホセが呆《あき》れたような視線を向けてくる。

聞いていない体《てい》でスルーしていたが、リリアーナ達の話す内容が気になって、我慢《がまん》が出来なくなったようである。

「クリス様、ホセ殿下はこう見えても意外と腹黒……思慮《しりょぶか》深く、もしかしたら良い案をお持ちかもしれませんので、お話ししても構いませんか？」

途中不適切な言葉が聞こえかけた時にホセの視線が若干鋭《じゃっかんするど》くなったが、リリアーナは全く気にしてはいない。

「ああ、頼《たの》む……」

力なく言う彼は虚《うつ》ろな瞳《ひとみ》をしている。

リリアーナはなるべく短めに説明しようとした。

「クリス様は東国からの留学生なのですが、色々ありまして緊急帰国することになりましたの」

「リリ、端折《はしょ》りすぎじゃない？」

どうやら短すぎたようだ。リリアーナはコホンと小さな咳《せき》を一つして誤魔化《ごまか》しつつ、先程の言葉はなかったものとして、再び説明を始めた。

「彼の兄が廃嫡《はいちゃく》されまして、クリス様が侯爵家を継《つ》ぐことに決まったのですわ。長男の婚約者だった公爵令嬢と新たにクリス様が婚約されることになったのですが、これに納得《なっとく》されていないのが彼の元々の婚約者であるクライサ様ですの。彼女はクリス様に大変執《しゅう》着《ちゃく》されており、婚約を解消させないために既成事実を作ろうと、はるばるザヴァンニ王国までやってきたのですわ。そして先程まで、彼は軟禁されておりましたのよ」

あまりの衝撃《しょうげき》的な内容にホセは口の端《はし》が引き攣《つ》っており、一緒に話を聞いていた彼のご学友達は、恐《おそ》ろしいものを見た後のような表情を浮《う》かべている。

そんな彼らにリリアーナは問いかけた。

「クライサ嬢の魔《ま》の手から逃《のが》れ、東国に無事帰国出来る方法はないかと話し合っているところだったのですわ。皆様何か良い知恵《ちえ》はございませんか？」

クリスに同情の念を抱《いだ》いたのか、ホセ達は意外にも真剣に考え始めてくれた。

「その元婚約者をどうにかして足止めしている間に帰国させるのが理想だが……」

「出来るだけ早く帰国するためには、先発隊と後発隊で分けるべきだな」

「本当に信頼《しんらい》出来る者と護衛の者を連れて先発隊、残りと荷物は後発隊ということか」

「そうだな。元婚約者は諜報を使っているのだろう？　であれば、後発隊の行動をしばらく制限する必要があるな。元婚約者の足止めをしつつ、諜報との連絡《れんらく》を絶たせる」

「それで最大の問題、元婚約者をどうやって足止めするかだが……」

「「……」」

ホセ達にもクライサを足止めする方法が浮かばないようで、皆口を閉じてしまった。

そのタイミングで頼んでいたランチが室内へと運ばれてきた。

「……おい、明らかにこの量はおかしいだろう？」

既《すで》に料理を食べ終えていたホセ達は、リリアーナ達のテーブルの上に所狭《せま》しと並べられた美味《おい》しそうな料理が乗った皿を見て、呆れたようにツッコミを入れた。

「初めて目にする方は驚かれますわよね。これでもいつもよりは少なめですのよ？」

くすくすと笑いながら話すリリアーナに、ホセは更にツッコミを入れることは出来なかった。

「とりあえず温かいうちに頂きましょう」

次々と空になっていく皿に、ホセ達の顔から表情というものがストーンと抜《ぬ》けていく。

ほぼ全ての料理がクリス達のお腹に収まると、

「……本当に食べきった」

ホセのご学友の一人がボソッと呟いた。

食後の紅茶で喉《のど》を潤《うるお》し、リリアーナはカップをソーサーへ戻すと、「ウィルに相談しようと思いますの」と言った。

「え？　ウィリアム殿下に？」

クリスは驚いたように目を見開いて固まっている。

「ええ、何かあれば必ず相談するように約束させられましたの。皆様の意見を基《もと》に、もしかしたら良い案を提案してくださるかもしれませんし、もしすぐには思いつかなかったとしても、他国の王宮内にまでクライサ様も手出しは出来ませんでしょう?」

クリスは困ったような、不安げな、何とも言えない表情でこちらをジッと見ている。

「そういうわけで、私はクリス様を連れて王宮へ戻りますわね。先生には体調不良で帰りましたと伝えてくださいませ」

エリザベスとクロエにお願いするとリリアーナはホセ達にお礼の言葉を述べ、善は急げとばかりにクリスを連れて馬車停《ど》めへ向かった。

ガラガラと車輪の音を響《ひび》かせて、馬車は王宮へ向かい走っている。

「……迷惑を掛けて、ごめん」

馬車の車輪の音に消されそうなほどに小さなクリスの声。

だが、確かにリリアーナの耳はその声を拾った。

「迷惑だなどと、思っておりませんわ。エリーも、クーも、ここにいたならばきっと、そう言ったでしょうね」

クライサ本人を知る前であったなら、令嬢一人に対して怖《こわ》がりすぎでは? と疑問に思ったことだろう。

だが彼女の怖さを知ってしまった今となっては、気持ちが理解出来る。

どれだけ言葉で尽《つ》くそうと、通じない相手なのだ。

おまけにクリスは軟禁までされていたのだから。

とはいえ、急な婚約解消の話をされたクライサのことは、同じ貴族令嬢としても気の毒に思う。

クリスほどの高位貴族との良縁《りょうえん》は他にないだろう。

いくら大金を積まれたとしても、気持ちは納得出来ないに違《ちが》いない。

だからといって、やっていいことと悪いことがある。

何をしてもいい理由にはならないのだ。

そんな風に思っていると、ガクンと大きく馬車が揺《ゆ》れ、何やら速度が落ちている気がする。

「今のは何ですの？　何かありましたの？」

不安げに口にした言葉に答える者はいない。

リリアーナとクリスは窓の外をそっと窺《うかが》った。

まだ王宮には到着《とうちゃく》していないはずなのに、馬車が完全に止まってしまっている。

コンコンと扉《とびら》がノックされ、閉じた扉の外から、

「失礼します。馬車の前に立ちはだかる者がおりましたために、急停車致しましたがお怪《け》

我《が》はしていませんでしょうか？」

護衛騎士《きし》の一人が報告と怪我の確認に来た。

「大丈夫ですわ。それより馬車の前に立ちはだかる者とは一体……」

「それが、自分は馬車内にいる者の婚約者だと言い張っておりまして……」

とても言いにくそうではあったが、護衛騎士の言葉にリリアーナとクリスは顔を見合わせて「まさか……」と呟いていた。

馬車の前に飛び出してくるなど、常軌《じょうき》を逸《いっ》しているとしか思えない。

下手をすれば命を失うことだってあるのだ。

クリスは意を決したように、「俺が直接確認してくる」と馬車の扉に手を掛けた。その手は微《かす》かに震《ふる》えている。

リリアーナはクリスの目を真《ま》っ直《す》ぐ見ると、「私もご一緒しますわ」と言った。

この馬車には数名の護衛騎士が付いている。

とはいえ、それはリリアーナを守るための護衛であり、クリスを守ってくれるわけではない。

裏を返せば、リリアーナがクリスと一緒にいることによって、クリスも一緒に守ってもらえるということだ。

リリアーナは馬車から降りる時に手を貸してくれた護衛騎士に、こっそりとお願いした。

「彼女と話をしたいの。これ以上は危険だと判断するまでは見守っているようにお願い」

馬車を降りるとリリアーナを守るように、ケヴィンが駆《か》け寄《よ》ってくる。

「嬢ちゃん、あの目はやばいぜ」

ケヴィンの鋭い視線の先を見れば、そこには髪《かみ》は乱れてドレスも皺《しわ》だらけになった、目だけがギラギラとしているクライサらしき女性がいた。

というのも、彼女の纏《まと》う雰囲気《ふんいき》が、以前会った時以上に危険な感じがするのだ。

「私という者がいながら、どうして他の女のところに行こうとするの？　どうして逃げたの？」

クリスを見ながらブツブツと呟いている。

「今度は手足を縛《しば》っておかないとだめかしらね」

クリスは「ひぃぃぃぃぃぃぃい！」と声にならない悲鳴をあげている。

クライサの言っていることはめちゃくちゃだが、リリアーナには何となくクリスへの想《おも》いは本物のように思えた。

「そんなことをしても、クリス様の心を得ることは出来ませんわ！」

「うるさいっ！　邪魔したら排除《はいじょ》すると言ったのに、聞かないあなたが悪いのよっ‼」

そう叫びながら、クライサは一気に距離を詰めてきた。

仄暗《ほのぐら》い瞳には何も映しておらず、髪を振《ふ》り乱《みだ》して大きく手を振り上げるクライサの姿はとても恐ろしく、リリアーナは思わず目をつむりこの後に来るだろう衝撃に体を固くした。

いつまで待っても襲《おそ》ってこない衝撃に、リリアーナは恐る恐る瞼《まぶた》を上げれば、目の前に広がるのは大きなウィリアムの背中だった。


「我が王国内で随分《ずいぶん》と勝手なことをしてくれる。他国の王太子妃に手を出そうとしたのだ。それがどういうことか、分かっているのだろうな」

ケヴィンが「いや、まだ婚約者だから」と小声でツッコミを入れているのは無視だ。

ウィリアムは目の前にいる乱れた黒髪に黒目の女が振り上げていた腕を、容赦《ようしゃ》なく掴《つか》んでいた。

下手をすれば腕の骨が折れてしまうかもしれないだろうが、そんなことはどうでもよかった。

目の前にいるコイツは敵だと認識《にんしき》しているからだ。

少し前、リリアーナに付けている護衛騎士の一人が、リリアーナがクリスを連れて王宮に急ぎ向かっていると、執務室《しつむしつ》にいたウィリアムへ報告に来たのだ。

何やら胸騒《むなさわ》ぎがして馬で迎《むか》えに出れば、リリアーナが乗っているはずの馬車が道を塞《ふさ》ぐ

ようにして止まっているのが目に入った。

馬を降りて馬車の裏側へ回ると、クリスとリリアーナが何やら怪《あや》しげな女と言い争っている。

女が大声を出して手を振り上げ、クリスがリリアーナを庇《かば》おうと前に出ようとしていたが、私は構わず女とリリアーナの間に体を滑《すべ》り込ませ、女の腕を捩《ね》じるようにして掴んだ。

後ろでクリスが私の背中に跳《は》ね返《かえ》って尻《しり》もちをついたようだが、どうでもいい。

ケヴィン達はウィリアムの姿を視界に捉《とら》え、彼の意図を汲《く》みその場に留まっていた。

「他国のいざこざに口を挟《はさ》む気はなかったが……。私の大切な者に手を上げたのだ。何もなかったようにそのまま帰国出来ると思うな！　この女を牢《ろう》に入れておけ！」

騎士達に腕を掴まれ、引きずるようにして連れていかれるクライサは、「王太子妃《ひ》だなんて知らなかった」や「痛い！　放して！」などと喚《わめ》いていたが、誰《だれ》も聞く耳を持たない。

クライサはウィリアムを本気で怒《おこ》らせてしまったのだから。

「リリー、大丈夫か？　怪我はないか？」

ウィリアムはクライサが騎士達に引きずられていくのを横目に慌てて振り返ると、心配そうに眉尻を下げてリリアーナの体に怪我がないかチェックしている。

先程までの殺気を放っていたウィリアムと、とても同じ人物とは思えない。

「……ウィル？」

リリアーナが不思議そうな顔をしてウィリアムを見ている。

「もう大丈夫だ」

そう言って頭を撫《な》でると、ようやく安心したのかリリアーナはウィリアムの胸に顔を埋めて、両手を背中に回してギュウッと抱《だ》き締《し》めた。

「ウィル……、ウィル、ウィル」

何度も何度もウィリアムの名を呼ぶリリアーナ。

怖かったのだろう、小さな肩《かた》は小刻みに震えている。

ウィリアムはリリアーナが落ち着くまで、片腕で抱き締めながら片手はずっと頭を撫で続けていた。

そのすぐ横で尻もちをついていたクリスにケヴィンが手を貸す。

「あ、ありがとう」

「どういたしまして。ま、嬢ちゃんが落ち着くまではここから動けないけどな」

「え？」

「ほら」とケヴィンが指差す方を見れば、嬉《うれ》しそうにリリアーナを抱き締めながら頭を撫でているウィリアムの姿があり、クリスは「なるほど」と苦笑《くしょう》したのだった。

騒動《そうどう》の後、クリスとリリアーナはウィリアムの執務室へと連れられて、ソファーに腰掛けている。

人数分の紅茶を淹《い》れて使用人が部屋を後にすると、ウィリアムは徐《おもむろ》に話しだした。

「君の婚約者という言い方でいいのかな？　あのクライサという女性は貴族用の牢に入れてある。使用人はこちらで手配した者だ。外部への連絡手段は完全に絶っている。事情聴取《ちょうしゅ》を理由に拘束《こうそく》出来るのはどんなに伸《の》ばしても一週間が限度だ」

「え？」

クリスは混乱する頭を必死で働かせようとしている。

なぜならば、この目の前に座っている見目麗《みめうるわ》しい氷の王子が、クリスにとって都合の良い言葉ばかりを並べているからだ。

夢を見ているのではないかと、思わず頰《ほお》をギュッと抓《つね》ってみる。

ジワッと涙《なみだ》が出るほどに痛かった。

「どうにかしてあの女を足止めしているうちに、急ぎ帰国するといい。ゆっくりしている時間はないぞ？」

ウィリアムはニヤリと笑う。

クリスは急激に視界が歪《ゆが》み、自分が泣いていることに気付く。

「あ、ありがとう、ございます」

何度も何度も、ありがとうの言葉を繰《く》り返した。

一生分くらいのありがとうを言った気がする。

ウィリアム殿下とリリアーナ嬢はずっと笑顔《えがお》で頷きながら聞いていてくれた。

落ち着くと、急ぎ帰国の準備をすることになった。

とはいっても、もともと明日帰国予定だったのだ。ほとんどの準備はもう終えている。

だが、一週間後に釈放《しゃくほう》されたクライサの手の者が、怒涛《どとう》の勢いで追いかけてこないとも限らない。

当初の予定通り、クリスは明朝出国することとなった。

* * *

クリスが滞在していた屋敷の前には何台もの馬車が並んでいる。

帰国するための馬車と、リリアーナ達の馬車だ。

朝早い時間にもかかわらず、こうやって見送りに来てくれたリリアーナにエリザベスにクロエ。ついでにウィリアム。

まだ早い時間なために外は少し肌寒《はだざむ》いが、クリスの心はジンと温かくなった。

涙ながらのお別れにはしたくないと、いつものように笑顔でくだらない話などで盛り上がる。

ちなみにウィリアムはリリアーナの横で無表情だ。

「そうそう、前にリリアーナ嬢が心配してた……マッチョだったか？　その鼻毛三倍速の呪《のろ》いが返ってきたらってやつだけど……」

「そうですわ！　どうしたら回避《かいひ》出来るか分かりましたの？」

クリスの言葉にリリアーナはすごい勢いでくらいついてきた。

クリスは苦笑を浮かべつつ、それに答えた。

「いや、一応調べてみたけどね？　やっぱりあれは『ウシノコクマイリ』の儀式《ぎしき》の途中に誰かに見られた場合のことであって、リリアーナ嬢のお祈《いの》りには関係なさそうだよ」

「では、鼻毛が三倍速で伸びる心配はしなくても大丈夫ですのね？」

自らの鼻毛が三倍速で伸びることがないと安心したのか、リリアーナは瞳をキラキラさせてとても嬉しそうにしている。

呪いが返ってくることを恐れていたのか、ここ最近はリリアーナの地味に嫌《いや》な呪いという名のお祈りを耳にすることがなくなっていたが、これからはまた彼女のお祈りが復活するかもしれない。

「うん、まあ通常のスピードで伸びるだけだと思うよ？」

クリスは楽しそうにクツクツと笑いながら、名残惜《なごりお》しそうに周囲をゆっくりと見回していく。

ザヴァンニ王国の土を踏《ふ》むことは、もうないかもしれない。

簡単に行き来出来る距離ではないからだ。

たった数カ月過ごしただけであったが、留学先をこの王国に選んでよかったと、クリスは心からそう思っている。

辛《つら》いこともたくさんあったけれど、それ以上に楽しかったことや嬉しかったことがあった。

リリアーナにエリザベスとクロエの三人は、クリスにとって大切な『得がたい友人』と言える。

彼女達と出会えなければ、この先の自分の人生は……考えるだけで恐ろしい。

「リリアーナ嬢、エリザベス嬢、クロエ嬢。短い間だったけど、本当にありがとう。君達には本当に感謝しているし、君達に出会えたことは俺にとって何にも代えがたい宝物を得たようなものだと思っている」

四阿《あずまや》でのランチや、カフェでエリザベスとクロエが胸焼けを起こしそうなほどに甘いものをリリアーナと食べたことや、パーティーでクロエをエスコートしたことなど、きっとずっと忘れない楽しい記憶《きおく》だ。

クリスは楽しかった時間を思い出しながら、自然と口角が上がるのを止められない。

フゥと小さく息を吐いて真面目な表情へ戻すと、ウィリアムの前へと移動した。

「ウィリアム王太子殿下、この度《たび》は何とお礼を申し上げればよいか……心より感謝申し上げます。そして何よりもあなたの大切な方を巻き込み危険に晒《さら》してしまいましたこと、お詫《わ》びのしようがありません。本当に、申し訳ありませんでした」

クリスは深く、深く頭を下げた。

「謝罪を受け入れよう。頭を上げてくれ。それに、君がいくら言ったところで、リリーは勝手に深入りしていただろうよ」

ウィリアムの言葉にクリスは小さく「確かに」と呟く。

クリスは精一杯《せいいっぱい》の笑《え》みを浮かべて、

「名残惜しいけど行くよ」

そう言って馬車へと乗り込んだ。

窓から見えるリリアーナ達に笑顔で手を振ると、彼女達も手を振り返してくれた。

馬車が動き始め、彼女達の姿が見えなくなるまで、クリスは手を振り続けた。

姿が見えなくなると、今度はザヴァンニ王国の景色を目に焼き付けるようにして見る。

東国に帰国すれば、すぐにでも次期当主として学ばねばいけないことは多い。

逃げ出したくなるかもしれないが、その時は『得がたい友人』達との時間を思い出しながら、歯を食いしばって頑張《がんば》ろうと思う。

どんどん小さくなっていく王宮に向かって、クリスは声には出さず口だけ『ありがとう』と動かしたのだった。

第8章　手繋ぎデート

「ウィルが？　分かったわ。すぐに行くわね」

モリーにウィリアムから呼ばれていると聞き、急ぎ執務室《しつむしつ》へ向かう。

扉《とびら》をノックし、ウィリアムの「どうぞ」という返事を聞いてから扉を開けた。

書類に向けられていた視線がこちらへ向くと、不機嫌《ふきげん》そうに眉間《みけん》に寄せられた皺《しわ》がなくなり、途端《とたん》に上機嫌になる。

「リリー、急に呼び出して悪かった。そこに座ってくれ」

リリアーナは「はい」と返事をすると、ウィリアムに言われた通りにソファーへ腰《こし》を下ろす。ウィリアムは急ぎのものらしい書類二、三枚に目を通しサインすると、それをダニエルへと渡《わた》し、リリアーナの隣《となり》に腰掛《こしか》けた。

「ダニー、リリーが来たから私は休憩《きゅうけい》にするぞ」

どうやら特に用事があって呼ばれたわけではないらしい。

ウィリアムは多忙《たぼう》で、リリアーナにも王太子妃《ひ》教育があるため、そう長く一緒《いっしょ》にはいられないが休憩時間程度であれば大丈夫《だいじょうぶ》だろう。

少しの時間でもこうやって一緒にいられる時間を作ってくれる気持ちが、リリアーナには嬉《うれ》しかった。ちょこんと座り柔《やわ》らかな笑《え》みを浮《う》かべるリリアーナを、眩《まぶ》しいものでも見るように目を細める。

そんなウィリアムをダニエルは呆《あき》れたように見てから、リリアーナへと視線を移す。

「リリアーナ嬢《じょう》」

呼ばれてダニエルの方を向けば、照れて真っ赤な顔をしながら、

「いや、何ていうか、クロエ嬢から話は聞いていると思うが……。彼女と付き合うことになった。その、彼女を紹介《しょうかい》してくれて感謝している。ありがとう」

と礼を言い、先程ウィリアムから手渡された書類を手に、そそくさと部屋を出ていく。

ふふ、とリリアーナとウィリアムは顔を見合わせた。

ダニエルが手配してくれたのか、すぐに使用人がやってきてテーブルに紅茶とお菓子《かし》を並べ、部屋の扉を少しだけ開けて出ていった。

「さあ、リリー。何でも好きなだけ食べるといい」

満面の笑みを浮かべてそう言うが、王宮のパティシエ達が作ってくれているお菓子はあくまでもカロリーが『控《ひか》えめ』なのであって、ゼロなわけではない。

食べすぎてまた制服のボタンが飛んでしまうようなことがあれば、以前のようにモリーにお菓子禁止令を出されてしまう。

お菓子は後で色々な種類のものを少量ずつ食べるとして。

リリアーナはお菓子《それ》よりも、今はダニエルとクロエの恋《こい》バナの『ダニエル側』からの話の方が気になっているのだ。

リリアーナは苦笑《くしょう》を浮かべつつ、ウィリアムにそれを伝えようとしたのだが。

「ウィル、好きなだけ食べていたら太ってしまいますから、後で少量ずつ頂きますわ。それに……」

「リリーは全然太ってなどいないではないか」

ウィリアムは話を遮《さえぎ》るようにそう言うと、隣に座っていたリリアーナを持ち上げて膝《ひざ》に乗せる。

「ひゃぁっ！」

膝に乗せられることはしょっちゅうあり段々と慣れてきたが、それでも急にそんなことをされたらびっくりする。

「もう、ウィル！　危ないではないですか！」

頬《ほお》を膨《ふく》らませて怒《おこ》るリリアーナだが、ウィリアムにとっては可愛《かわい》らしい表情の一つくらいのものであり、全く怖《こわ》くなどない。

「大丈夫だ。私がリリーに怪我《けが》をさせるような真似《まね》をするはずがないだろう？」

何が楽しいのか笑わないはずの『氷の王子様』は、零《こぼ》れんばかりの笑みを浮かべており、

テーブルの上に並べられたお菓子の中から適当なものを一つ選ぶと、

「リリー、ほら、口を開けて？」

リリアーナの口の前にお菓子を持ってくる。お菓子よりもダニエルの話を聞きたいのだと言うつもりで口を開いた瞬間《しゅんかん》、ウィリアムの手からお菓子が口内に放り込まれた。

「ダにゅぐっ！」という言葉にならない怪《あや》しい悲鳴のようなものがリリアーナの口から漏《も》れる。その様子にウィリアムが思わず「ブフッ」と噴《ふ》き出した。

リリアーナはウィリアムを睨《にら》むようにして、ゆっくり口の中のお菓子を咀嚼《そしゃく》する。

「す、すまない。私が悪かったから、睨みながら食べるのはやめてくれないか？」

咀嚼を終えたリリアーナはテーブルの上のカップを手に取り、紅茶で喉《のど》を潤《うるお》すとソーサーへと戻《もど》す。

「お菓子よりも私はダニエルとクロエの話をしたかったんですのにっ！」

リリアーナはそう言って、プイっとそっぽを向く。

これに慌《あわ》てたのはウィリアムである。

「リリー？　すまなかった。ダニエルから聞いた話をするから、機嫌を直してくれないか？」

「むうっ。……ふざけずにちゃんと話してくださいますの？」

ジト目でウィリアムを見ながらそう言えば、

「ああ、ちゃんと話をするから、そんなに拗《す》ねないでくれ」

と、リリアーナの左頬を大きなウィリアムの右掌《てのひら》が撫《な》でる。

羞恥《しゅうち》に頬を染めて、けれどもそれを必死で隠《かく》そうと頬を膨らます姿があまりにも可愛らしくて、ウィリアムは自然と口角が上がるのを止められないようだ。

とはいえ、このままではまたリリアーナが拗ねてしまうと、ダニエルとの会話を思い出しながら話し始めた。

「ダニーのクロエ嬢に対する第一印象は、予想と違《ちが》って『ちゃんとした貴族のご令嬢《れいじょう》』だったと言っていたな」

「どういう意味ですの？」

リリアーナは意味が分からないとばかりに首を傾《かし》げる。

「いや、何というか、リリーの友人と聞いて、もっとこう貴族令嬢らしくない女性が来ると思っていたらしい」

「むう、ダニマッチョは失礼ですわ！」

リリアーナは頬をプクッと膨らませて両手の拳《こぶし》を握《にぎ》った。

ウィリアムは苦笑しつつ、リリアーナの頭を撫でる。

「だが、ダニーも悪い意味で言ったわけではないと思うぞ？」

「……本当に？」

怪しいと言いたげな視線が向けられている。

「ああ。貴族令嬢に好まれるのは、中性的な美しさと線の細さだろう？　私から見てもダニーの顔立ちは悪くないと思うが、令嬢達に好まれるものとは方向性が違うからな」

「方向性の違い……」

フォローになっているのかいないのか分からない表現ではあるが、リリアーナには何となく言いたいことが分かったらしい。

「そうですわね。ゴリゴリのマッチョ好きな令嬢は、私もクーしか知りませんわね。対してクーは貴族令息の好む儚《はかな》げな雰囲気《ふんいき》美人ですが……」

貴族令嬢に好まれるのは、絵本から出てくるような王子様タイプの男性である。

第二王子であるオースティンのような男性だ。

そして貴族子息に好まれるのは、従順で儚げな庇護《ひご》欲をそそる女性である。

まさにクロエがそのタイプであろう。

ウィリアムはリリアーナの言葉に頷《うなず》く。

「ああ、彼女なら自分でなくても、好条件の釣書《つりが》きが送られてきているのではないかと。だから、王太子の私とその婚約者《こんやくしゃ》であるリリーからの話を断れなかっただけでは、と思ったらしい」

「ダニマッチョは断っていいというようなことを言ったそうですわね？　クーから聞きましたわ。それでクーの捕食者《ほしょくしゃ》スイッチが入ってしまったようですの」

「は？　何だ？　捕食？」

「捕食者スイッチですわ。クーはああ見えて、実は肉食系ですのよ？」

「……」

「ダニマッチョをゲットするために、ありとあらゆる手段を用いたらしいですわ。マッチョはクーのことをどのように話しておりましたの？」

「あ、ああ。見た目通りの儚げでか弱い女性だと……。こんな自分を好んでくれる女性はもういないだろうから、大切に自分が守ると言っていたんだが……。何やらダニーから聞いているのとは違いそうだな？」

「私は儚げな雰囲気美人と言いましたが、儚いとは言っておりませんわよ？　クーは確かに子息方から人気は高いですが、彼女の好みであるゴリゴリの筋肉以外の方には見向きもしませんの。ダニマッチョ一択《いったく》ですわ」

「そうか。まあ、お互《たが》いがそれでいいなら……。だが、クロエ嬢が使ったあらゆる手段というのは、何というか、聞かないほうがいい気がするな」

「そうですか？　瞬《まばた》きの回数でしたりとか、涙《なみだ》のタイミングでしたりとか、とても面白《おもしろ》かったですわ」

「いや、それは。もしかしてリリーも……？」

「私にはそんな難しいことは無理ですわ」

リリアーナのその言葉にホッとした笑みを浮かべ、ギュッと抱き締《だきし》める。

そしてわざとリリアーナの耳の側に顔を寄せると、「リリーはそのままでいてくれ」と、囁《ささや》くように言った。

「なな、な、なぜこんなに近くで囁く必要がありますの!?」

耳を押さえて少しでも距離《きょり》をとろうと背中を反らせたつもりだったのだろうが、リリアーナの背中に回された両腕《りょううで》が邪魔《じゃま》をする。

「なぜだと思う？」

「し、知りませんわっ。そんなこと」

距離をとることに失敗し、それならばといった風にプイっと横を向いているが、頬も耳も真っ赤である。我が婚約者は本当に可愛い。

今後も変わることなく、いつまでもそのままの可愛いリリアーナでいてほしい。

先程聞いたクロエ嬢のあざとさを今後もリリアーナが学ぶことのないよう、ウィリアムは切に願うばかりだ。

「まあ何にしても、二人がうまくいってよかったな」

「ええ、本当にそう思います。クロエにはだいぶ長いこと待たせてしまいましたから」

安堵《あんど》の息を零すリリアーナに同意するように頷きながら、ウィリアムは彼女を呼び出した理由を思い出す。

「そうだ、リリー。今度の週末に休みが取れたんだが、一緒に『子どもたちの家』に行かないか？　その後に市場に足を運ぶのはどうだろう？」

「行きますわ！」

リリアーナは思わず両掌を合わせてはしゃぐように声を上げてしまい、淑女《しゅくじょ》らしくないその行為《こうい》に恥《は》ずかしくなったのか、黙《だま》って俯《うつむ》いてしまった。

「リリー、ここには私達二人しかいない。そんなに恥ずかしがる必要はない」

出来るだけ優《やさ》しそうに聞こえるように気を付けてそう言えば、リリアーナはおずおずと顔を上げてくれた。

「はい。二人で出掛《でか》けるのは久しぶりですわね。楽しみですわ」

「ああ、私もリリーとのデートを楽しみにしている」

デートと言われ、せっかく元に戻った頰をまた朱《あか》く染めたリリアーナに、ウィリアムは甘ったるい笑みを向けて額に口付けた。

「リリ様、ウィル様、仲直り出来たみたいでよかったよ」

呆れたような顔をしながらも、リリアーナ達を歓迎《かんげい》してくれているルーク。

ウィリアムとリリアーナはバツの悪そうな顔をしながらも、感謝と謝罪の言葉を口にした。

「ルークのお陰《かげ》だ。感謝する」

「ルーク、ありがとう。心配を掛けてごめんなさいね？」

「本当だよ、二人とも大人なんだから、もっとしっかりしてくれよ？」

どちらが大人か分からないような会話をしていると、他の子ども達が一斉《いっせい》に飛びついてくる。

「リリ様～、ご本読んで～」

「ウィル様、遊んで～」

「え～、お絵かきしようよ」

何とも賑《にぎ》やかである。

「じゃあ、順番にやっていきましょう？」

リリアーナが言えば順番をどうするかで揉《も》めだし、それならばとじゃんけんが始まった。

「やった～、このご本読んで！」

女の子が持ってきたのは『王子様とわたし』という、女の子が一度は夢見る王道の物語。

白馬の優しい王子様が現れて『わたし』を数々の危機から救い出し、最後はハッピーエンドというものだ。

リリアーナの小さい時に、読んでもらった中の一冊にこの本があったのを思い出す。

懐《なつ》かしい気持ちになりながら、『昔昔の物語……』と読み始める。

女の子達はリリアーナの周りに座り楽しそうに耳を澄《す》ましているが、男の子達は絵本にはあまり興味がないようだ。

とはいえ、本を読んでいるリリアーナの邪魔をするつもりはないようで、静かにウィリアムの周りに寄っていく。

「ウィル様、遊んで～」

コソコソッと囁くように言われ、

「じゃんけんで次に勝ったのは誰《だれ》なんだ？」

と、ウィリアムも小さな声で問う。

「僕だよ」

手を上げたのはウィリアムの正面に座っている子どもだ。

「今リリーが本を読んでいるから、それが終わったらな。何をして遊びたい？」

「ん～、かくれんぼ」

「かくれんぼと言っても、部屋の中では隠れるところはあまりないぞ？」

「え〜、じゃあ何なら出来る？」

「そうだな……」

屋内で出来る遊びを子ども達と相談した結果、なぜかにらめっこが始まり、世にも珍《めずら》しい王太子の変顔が見られるかと子ども達も期待したようだが、元が良いだけに大した変顔にもならず、あっという間に飽《あ》きられてしまうのだった。


子ども達と楽しい時間を過ごし、『子ども達の家』を出て市場の屋台へとやってきた。

屋台には食べ物屋だけでなく、金物や雑貨やアクセサリーなどを扱《あつか》うお店もある。

あちらこちらに目移りさせながら、ちょろちょろ動くリリアーナはとても可愛らしいが、少しでも目を離《はな》せばたちまち迷子になるのは明白なため、しっかりとウィリアムに手を握られている。

「あれは何ですの？」

ふと斜《なな》め前のテントに視線を向けた時に目に入った吊《つ》り下《さ》げられている『それ』に、リリアーナは吸い寄せられるように足がそちらへ向かっていた。

リリアーナの背より大きな白地の木綿生地《もめんきじ》に、目の覚めるようなブルーの雪の結晶柄《けっしょうがら》の生地がアップリケされ、アップリケのデザインに沿って縫《ぬ》ったようなラインが幾重《いくえ》にも広がっている。

普段《ふだん》見慣れた刺繍《ししゅう》とも違うそれは、リリアーナの目を釘付《くぎづ》けにした。

ウィリアムが『買って帰ろうか？』と口を開きかけたタイミングで、このテントの主であろう恰幅《かっぷく》の良い女性が声を掛けてきた。

「これは他国で作られている『アップリケキルト』というものだよ。どうだい、綺麗《きれい》だろう？　この土台になる木綿とアップリケと裏地の間に綿を挟《はさ》んで縫っていくんだ。とっても手間が掛かっているから値段は高くなっちまうが、これからどんどんこの国で流行《はや》らせていこうと思ってるんだよ。大きいのが無理ならこういった小さいものもあるよ？」

商売人らしい笑みを浮かべて、額に入った顔くらいの大きさのものを取り出してくる。

キラキラした瞳《ひとみ》でキルトを見ているリリアーナの姿に、ウィリアムは一人頷くと店主に向かって言った。

「この大きいものと、額に入ったもの、両方買っていこう」

店主は一瞬《いっしゅん》驚《おどろ》いたような顔をするも、「いやぁ、あんた顔もだけどやることが男前だねぇ」と豪快《ごうかい》に笑う。

ウィリアムは購入《こうにゅう》したキルトを護衛の騎士《きし》に渡すと、リリアーナの手を握ってテントを出た。

リリアーナが繋《つな》いだ手を軽くキュッと握ると、ウィリアムが「何？」という顔をして見てくる。

「ウィル、ありがとうございます」

リリアーナが嬉しそうにお礼を述べると、ウィリアムは少しかがんでリリアーナの耳の側に顔を寄せた。

「リリーは普段お強請《ねだ》りをしてくれないからね。私としてはもっとリリーに甘えてほしいのだけど」

あまりにも近い位置にある顔と甘さを含《ふく》んだ声音《こわね》に、リリアーナは顔を真っ赤にして固まる。

いつまでも変わらぬ可愛らしいリリアーナの姿に、ウィリアムは満足そうな笑みを浮かべると、「そろそろお腹《なか》が減ってくる頃《ころ》だろう?」と言った。

美味《おい》しそうな香りが風に乗って運ばれてくる。

リリアーナは鼻からその香りを吸い込むと、

「この香りは間違《まちが》いなく美味しいものの香りですわ!」

そう言ってウィリアムの手を引いて美味しそうな匂《にお》いのするテントへと足を向ける。

ウィリアムは楽しそうにクツクツと笑いながら、リリアーナについていくのであった。

FIN

番外編　クリスからの手紙

「お嬢様《じょうさま》、お手紙が届いております」

「ありがとう。誰《だれ》かしら？」

モリーから手渡《てわた》された手紙をひっくり返すと、裏には『クリス・イェルタン』の署名があった。

「まあ、クリス様からの手紙だわ！」

リリアーナは嬉《うれ》しそうにペーパーナイフで封《ふう》を開けると、中から便せんを取り出し、びっしりと細かい文字が並ぶそれに目を通し始めた。


「クリス様からお手紙が届きましたの」

「そうか。無事帰国出来たようだな」

笑顔《えがお》でそう話すリリアーナとウィリアムは、久しぶりに王宮の奥庭にあるお気に入りの四阿《あずまや》でお茶を楽しんでいた。

「ええ。クライサ様との婚約《こんやく》は無事解消され、公爵令嬢《こうしゃくれいじょう》との新たな婚約が成立されたそうですわ。元は彼のお兄様の婚約者でしたから、今まではあえて深く関わらないようにされていたようで、公爵令嬢がどのようなお方なのかご存じなかったようですわね。クライサ様ほどではないようですが、わがままなところがあると手紙に綴《つづ》られておりましたわ」

「それは……大丈夫《だいじょうぶ》なのか？」

「ええ。私も少し心配になりながら読んでおりましたが……。どうやら公爵令嬢は優秀《ゆうしゅう》で頭も良いらしいですし、わがままもクライサ様と比べれば可愛《かわい》いと思えるレベルのようですから、結局のところは『惚気《のろけ》のお手紙』だったと思っておりますの。心配するだけ無《む》駄《だ》でしたわね。最後はウィルへの感謝の言葉と、『大変だけど頑張《がんば》る』というような言葉で締《し》めくくられておりましたわ」

リリアーナは口調こそ呆《あき》れたように言っているが、その実とても嬉しそうである。

自分達を『得がたい友人』と言ってくれた友が綴る幸せそうな手紙に、喜ばないわけがない。

「そうか。無事解決出来たようでよかったな」

「ええ、安心しました。一緒《いっしょ》に過ごした時間は短いものでしたが、大切な友人にはいつも笑顔でいてほしいですもの」

「そうだな」

ウィリアムは少し複雑に思いながらも笑《え》みを浮《う》かべる。

「それにしても、あの時のウィルはとても格好よかったですわ」

リリアーナはうふふと笑いながら、ウィリアムがクライサから守ってくれた時のことを思い出していた。

「私が困難に直面した時に、ウィルはまた助けてくださいますか？」

「もちろんだ。どんな困難に直面しようとも、リリーのために立ち向かい困難に打ち勝つさ。約束しよう」

そう言ってリリアーナの額に、瞼《まぶた》に、両頬《りょうほお》に口付けるとウィリアムは優《やさ》しい笑みを浮かべた。

たくさんの小花に囲まれた小さな奥庭に、風が甘い香りを運んでくる。

大切な人と大好きな空間でゆっくりと過ごすこの時を、リリアーナは優しい時間に包まれているように感じるのであった。

あとがき

こんにちは、翡翠《ひすい》と申します。

このたびは『小動物系令嬢《しょうどうぶつけいれいじょう》は氷《こおり》の王子《おうじ》に溺愛《できあい》される』三巻をお手に取って頂き、ありがとうございます。

私の喜びの怪《あや》しい舞《まい》に家族ももう慣れたのか、それとも諦《あきら》めたのか、ついになんの反応も見られなくなりました。

それはそれで何となく寂《さび》しさを感じる今日この頃《ごろ》。


「そろそろウィリアムのカッコいいところが見たい！」

そんなお声をいただき、カッコいいウィリアムを想像してみましたが……。

浮《う》かんでくるのは、リリアーナにデロデロに氷が溶けきったウィリアムばかりで、正直かなり焦《あせ》りました。

それでも執筆《しっぴつ》しながら『そろそろカッコいいウィリアムを』と思いつつ、どうしてもカッコいい姿からは遠ざかっていく……。

何度も何度も修正し、ようやく書き終えた私に担当様からの温かいメール……。

いやもう本当に嬉《うれ》しくて、パソコン画面に向かって何度も手を合わせました。

そんな感じで書きあがった三巻でしたが、クロエの肉食ぶりを書く時はとても楽しかったです。

ちょうどその頃《ころ》友人から掛《か》かってきた電話で、

「どこまで書けた？」

と聞かれ、クロエのあざとさ全開の狩猟《しゅりょう》ぶりを説明したところで、

「うちらはドライアイだから、そもそも涙《なみだ》出てこないしね」

と大笑い。

あざとい女子は同性から嫌《きら》われやすいですが、ただ一人にのみあざとさ全開になるクロエタイプの女子、私は結構好きです。

毎回素敵《すてき》なイラストを描いてくださる亜尾《あお》あぐ様、ありがとうございます。

そしてありがたいことに、この小説のコミカライズのお話を頂き、そちらを担当してくださる佐和井《さわい》ムギ様のウィリアムとリリアーナも新鮮《しんせん》で。

どちらのリリアーナも素晴《すば》らしく可愛《かわい》くて、どちらのウィリアムも素晴らしくカッコいいです。ニヤニヤが止まりません。

今作も無事に書き上げることが出来ましたのは、担当者様や翡翠の周りの皆様《みなさま》のお陰《かげ》です。ありがとうございました。

最後に、お読み頂きました皆様に感謝を込《こ》めて。

少しでもほっこり楽しんで頂けたなら、幸いです。

それではまたお目にかかれますように……。

翡翠

■ご意見、ご感想をお寄せください。
《ファンレターの宛先》
〒102-8177 東京都千代田区富士見2-13-3
株式会社KADOKAWA ビーズログ文庫編集部
翡翠 先生・亜尾あぐ 先生

ビーズログ文庫

●お問い合わせ
https://www.kadokawa.co.jp/（「お問い合わせ」へお進みください）
※内容によっては、お答えできない場合があります。
※サポートは日本国内のみとさせていただきます。
※Japanese text only

小動物系令嬢《しょうどうぶつけいれいじょう》は氷《こおり》の王子《おうじ》に溺愛《できあい》される 3

翡翠《ひすい》

2021年6月15日 初版発行

発行者	青柳昌行
発行	株式会社 KADOKAWA 〒102-8177 東京都千代田区富士見2-13-3 （ナビダイヤル）0570-002-301
デザイン	Catany design
印刷所	凸版印刷株式会社
製本所	凸版印刷株式会社

ISBN978-4-04-736667-1 C0193

定価はカバーに表示してあります。
◇◇◇